文字森林
READING FOREST

文字森林
READING FOREST

奇蹟·淚水管理局

當眼淚成為貨幣……

띵동！당신의 눈물이 입금되었습니다

崔昭望 著
최소망

簡郁璇 譯

目錄
CONTENTS

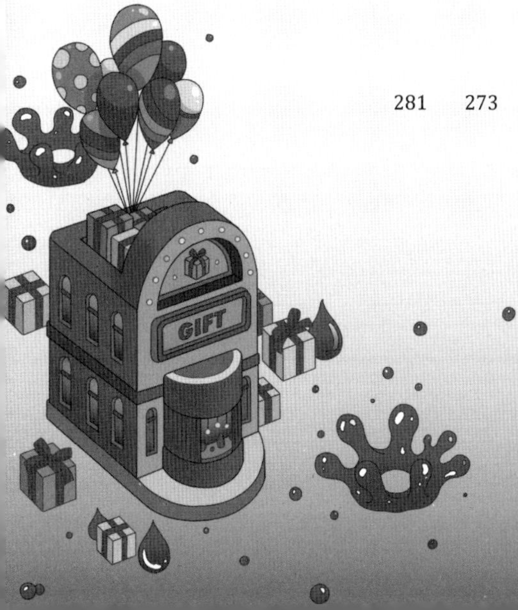

好評推薦

「『眼淚是珍珠，顆顆皆珍貴』，這不是叫我們別哭，而是學會珍視每一滴眼淚的價值與力量。富裕者非財富所得，而是對情感的明白。感謝《奇蹟淚水管理局》這本書，撫慰靈魂深處，證明原來眼底的薄霧，都是自己的財富，世間每滴淚光，都是值得收藏的金光。」

——李家雯（海蒂），諮商心理師

「眼淚來自於哭泣，卻不止於悲傷，翻開這本書，讓人重新體會淚水帶來的美好奇蹟。」

——莫莉，韓文翻譯

序幕

淚水新世界

距離大學畢業典禮一個月前，十一月的第一週，艾瑪．懷特正沿著喬恩頓九十八街走著。她的一頭金色直髮上綁了掛有大蝴蝶結的髮帶，身穿印滿藍花楹花朵的洋裝，雙眼紅腫得很厲害。

「艾瑪！艾瑪．懷特！」

謝樂．米卡艾拉背著一把要比自己的身軀更龐大的電吉他，氣喘吁吁地跑來。在陽光的洗禮下，她那頭火紅色頭髮今天更像是一團熱烈燃燒的火球。

「你的眼睛怎麼又這副德性？」

謝樂還來不及調整急促的呼吸，劈頭就問。

「這……這個？」

「這次又是為什麼？書？電影？」

「是紀錄片……這次真的沒辦法不哭，某位足球選手資助了無父無母的孩子十二年……」

「好了，我要說幾次？就叫你不要對別人的事太入戲了，又不是實際發生的事情，就連看個小說或電視劇也老是皺著一張臉，哭哭啼啼的。既然眼淚無法變成金錢，你就別沒事哭個不停了！」

叮叮叮。

艾瑪拿在手上的平板電腦不停傳來推播通知。

十點十分：卡羅琳戀愛諮商

一點二十五分：幫忙娜蒂・德希穆克寫作業

三點十七分：替艾希莉打工

八點二十分：借一百元給麥克

「你該不會最近還在幫大家打工吧？」

「沒……沒有啊。」

謝樂把眼睛瞇成兩條線緊盯著艾瑪，艾瑪嚇得趕緊改口：

「偶爾啦，只有非常偶爾的時候。」

艾瑪下意識地撫摸自己陣陣刺痛的手腕。

「你記得卡羅琳謊稱自己出了車禍，結果是去約會吧？也記得你是為了連她的工作一起做完，手腕才會變成那樣吧？」

「現在沒事了，都痊癒了。」

艾瑪將手臂迅速藏到背後。

「你借出去的錢都拿回來了？」

「那……那個茱麗說現在手頭沒有生活費，法比安說自己受傷沒辦法工作。」

「聲稱自己沒有生活費、受傷沒辦法工作的人，昨晚倒是站在奇里安俱樂部的門口呢。」

「什麼？那不可能啊……」

艾瑪的表情越來越凝重。

謝樂敲擊自己的胸口，嘆了口氣說：

「哎喲，悶死我了。聽別人吐苦水、借錢給別人，還替別人工作，你是天使嗎？還是慈善事業家？究竟為什麼要幫別人幫到那種程度？吃虧、受傷的還不是只有你！」

艾瑪露出尷尬的笑容代替回答，她望向天空，凝視著彷彿繡在天空上的成列卷雲，低聲喃喃：

「爸爸……媽媽……」

「你說什麼？」

謝樂循著艾瑪的視線抬頭仰望天空。

「沒什麼，上課要遲到了，走吧。」

就在此時，滴鈴鈴鈴，嘰——嘰——謝樂的手機發出猶如吉他聲的通知音效，艾瑪的手機也默默地發出震動聲。

⚠ 緊急公告

一月一日起，將廢除全世界的所有貨幣制度，並以眼淚做為新式貨幣。為了讓大家進一步理解眼淚貨幣系統，將依序實施義務教育，請於十二月一日九點十分前往淚水管理局（馬可羅桑四十一街）一號蒸氣隧道。

看到訊息後，艾瑪以為自己看錯了，視線久久無法從畫面上移開。

「這是什麼意思？謝樂，你也收到訊息了嗎？上面說眼淚會變成金錢呢！」

謝樂貌似有些驚慌，但隨即就露出這沒什麼大不了的表情。

「這你也相信？是垃圾訊息啦，大概是新型電話詐騙之類的。雖然那種事不可能發生，但假如成真了，你就會變成大富翁了，畢竟你可是愛哭鬼之中的佼佼者。再拖下去，上課就要遲到了，我先閃啦。」

謝樂的背影消失於巷尾後，艾瑪便連上入口網站，讀起占滿版面的新聞報導：

所有硬幣及紙幣銷毀，全世界銀行進入緊急狀態

新書《眼淚如何變成金錢？》蔚為話題

反對眼淚貨幣制的集會者紛紛走上街頭

艾瑪露出呆滯的眼神，喃喃自語：

「不是垃圾訊息或電話詐騙，是真的，眼淚……變成金錢的世界到來了。」

1 眼淚如何變成金錢？

艾瑪在街道正中央發出了「呃啊——」的驚嘆聲，因為她撞見了一棟樓高彷彿超過一百樓的建物。艾瑪一眼就認出這個地方是淚水管理局。超大型水滴造型的建築物外觀，因光線反射而出現彎曲模樣的驚嘆號，建築物頂端的避雷針是象徵貨幣單位「淚珠幣」的形狀，在旋轉的圓形標誌內閃閃發光。

艾瑪緩緩朝淚水管理局大樓走去，從遠處看，大樓外觀顯得模糊不清，但走近後便透明了起來，內部清晰可見。辦公大樓內有無數的人東張西望，各自忙碌地走動著。看到只有在想像中才會出現的大樓，艾瑪掩藏不住興奮之情，連連發出「哇！」「好驚人！」「好壯觀！」的讚嘆聲。難以言喻的期待感沿著血液流竄至全身，就在艾瑪彷彿下定決心、握緊拳頭之際，有某樣東西刺了一下她的手掌心。

「啊啊。」

張開拳頭一看，只見一張用硬紙製成的銀青色票券閃閃發光，她驀然回想起上週發生的事。

💧 💧 💧

凱倫教授穿著一件猶如掛了一串海帶的蕾絲襯衫，一邊取出黃色的紅茶盒子，一邊說：

「英式早餐茶、伯爵茶、洋甘菊茶，你要哪一個？」

「伯爵紅茶好了，還有兩堂課，洋甘菊茶太讓人想睡了。」

艾瑪回答，不疾不徐地環視凱倫教授的辦公室。

辦公室內部平凡無奇，很符合她平時淡泊灑脫的作風，除了學校提供的書桌、書櫃和椅子，其他地方很難找到帶有個人喜好的物品。艾瑪的視線稍作停留之處，是書桌上早已蒙上厚厚一層灰的全家福照片——留著魅力小鬍子的中年男子、瞳孔中參雜各種神祕色澤的少女，和凱倫一同燦爛地笑著。照片中凱倫的模樣要比現在年輕許多，因此艾瑪猜測這是多年前拍的照片。

「很燙，要小心。」

凱倫將熱氣裊裊上升的伯爵紅茶遞給艾瑪。

艾瑪趕緊將視線從照片上收回，望著凱倫。
「教授……」
「嗯？」
凱倫回應時啜飲了一口洋甘菊茶。
「眼淚竟然能變成錢……這是怎麼一回事呢？」
「超過百年的時間，全世界為了社會弱勢族群而實施了各式法律與制度，多虧有這份努力，許多面向已獲得改善，但最大的問題依然懸而未決。」
「那是什麼呢？」
「勞動壓榨、房地產詐騙、金融詐騙、暴力、殺人等罪犯輕輕鬆鬆就能賺錢，活得善良正直的人們卻深受其害，因貧窮與債務而置身痛苦之中。」
「沒錯，但大家都無能為力，所以向來只能在默許中生活，不是嗎？」
「還有個問題，就是物質萬能主義。意思是只要是為了錢，就果敢地拋棄道德、常識、倫理、罪惡感、共鳴、情感等人類才具備的特質，這樣做的人已經超越了不那樣做的人。令人哀傷的是，他們自封要成為機器人，我們稱此為『物質萬能主義下的選擇性機器化』。」
「真的好令人哀傷啊，這些人竟然為了金錢而任由自己變成機器人……」

「最終，世界各國的元首再也無法坐視不管，十五年前在瑞士日內瓦召開了元首會談，所有人一致同意為了解決此問題而投入最後的手段。」

「那就是眼淚嗎？」

艾瑪說，把身子朝凱倫的方向更靠近一些。

「對，物價與房價持續上漲，相較於此，薪水卻已有近二十年在原地打轉，因利率暴漲而瞬間增加債務與利息的人們受盡折磨，求職、戀愛、結婚、育兒，乃至於放棄人生的年輕世代，還有因無力支付醫療費而無法適時接受治療、痛苦不堪的患者與家屬……他們的淚水匯集起來的量甚至超過世界最長的亞馬遜河，得知這樣悲涼的統計資料後，眾多學者與各國元首莫不啞口無言，所以最後才會做出這樣的決定吧……」

艾瑪吃驚得張大嘴巴，不停地眨著眼睛，似乎一時也不知該說什麼才好。短暫的靜寂籠罩了辦公室。

稍後，凱倫似乎想起了什麼。坐在四輪旋轉椅上的凱倫，先讓身體快速轉了一百八十度後，朝擺滿心理學圖書的書櫃滑過去，接著從書櫃中間位置抽出一本書，一邊查看一邊說：

「那個跑去哪裡了？我明明就有收好啊。」

凱倫一翻開書頁，栗紅色的髮絲便隨風飄揚起來。凱倫花了好一段時間把書從頭到尾翻遍，就在檢視差不多第五次的時候，終於取出約有兩個指節長的小小票券遞給艾瑪。票券上高級紋路的邊框給人一種古色古香的感覺。

「你有收到淚水管理局傳來的訊息吧？」

「有，下週要去上課。」

「你把這個帶去，在我看來，你是最佳人選。」

「咦？這是什麼？」

「去了你就知道了。」

艾瑪剛伸出手，凱倫便緊抓著票券說：

「你能答應我一件事嗎？」

「什麼事？」

「答應我，你會把你的能力用在幫助淚水要比江河更長更深邃的人身上，明白我的意思嗎？」

艾瑪認為凱倫的話中蘊含了眾多意義，雖然年輕的自己還無法摸透教授的深意，但她回答自己必定會遵守諾言。

凱倫將握在手上的票券遞給她。

「謝謝你，時候要遲了，趕快去上課吧。」

艾瑪雖然很想追根究柢，把好奇的事情都問個清楚，但她只是一言不發地接過票券。

凱倫喚住了打開辦公室門正打算走出去的艾瑪。

「艾瑪！」

「什麼？」

「我會很想念你的。」

「哦……什麼？」

凱倫起身，緊緊地抱住艾瑪說：

「從明天開始不就放假了嗎？」

儘管艾瑪覺得凱倫的嗓音中帶有微微的顫抖，但一想到要放假了，便眉開眼笑地回答：

「對耶，要放假了！我也會很想念教授的。」

走出凱倫的辦公室後，艾瑪仔細地看了看她給的銀青色票券，票券中央印有極為細小的字體，寫著：

「Together.（一起）」

艾瑪用指尖輕輕拂過票券上的字體，像是要將它們印在自己心上，接著抬起頭，大大地吸了口氣後，為了尋找出入口而觀望管理局周圍。但再怎麼環顧四周都不見任何一扇門，即便沿著圓形的大樓外圍兜了幾圈，也只是又回到了原點。

就在此時，有幾個人一窩蜂地湧上，沒有一絲猶豫就往管理局的玻璃牆衝去，接著彷彿施展了魔法般消失了，艾瑪被嚇得乾咳不停。

「就要到上課時間了……」

艾瑪看了一下手錶，目不轉睛地盯著玻璃牆。她試著尋找進入裡面的方法，腦袋卻遲遲沒有想法。

「是啊，難不成會死人嗎？就去瞧一瞧吧！」

艾瑪往後退了幾步，做了兩次深呼吸，接著就頭也不回地朝牆面衝了過去。

「呃啊啊啊啊啊！啊！好冰！」

把艾瑪吞進去的玻璃牆「呸！」了一聲，將她吐向了辦公大樓內，有如冰塊般的冰水弄溼了她的全身。

「這究竟是什麼呀！全身都溼透了！」

正打算大發牢騷的瞬間，原本在溼漉漉的頭髮與皮膚上凝結的水珠一下子蒸發，重新飛向了玻璃牆，衣服與鞋子也彷彿從來沒溼過，變得乾燥蓬鬆，髮絲和臉也好端端的。

艾瑪感覺自己就像被鬼魂迷惑似的，費了好大的勁才掙脫出來。她擔心自己身上還留有水氣，把身體的每一處都抖了抖，然後抬起頭，閃閃發光的電子螢幕上有鮮明的字體緩緩跑過：

歡迎蒞臨淚水管理局

在形狀猶如翻轉漏斗的入口，有數十顆對稱的水球依一定的間隔懸掛著，左側是一整排裝滿水後呈透明狀的水球，右側則有狗、貓咪、大象等動物造型的水球，擄獲了孩子們的視線。入口處人山人海，擠滿了要搭乘手推車的人，保全人員把手圈成喇叭狀，大喊道：

「要搭乘水球手推車的人請說出隧道號碼或部門名稱，手推車會安全送你抵達。那邊的貴賓！請不要插隊！」

一名保全追向推開其他賓客想先搭乘手推車的中年夫婦，給予提醒。

「下一位貴賓！」

保全人員看著艾瑪打了手勢。

她彎下食指指著自己，再次詢問：「我嗎？我？」保全人員點了點頭。艾瑪走向離自己最近的水球，緊繃的四肢彷彿故障的人偶關節般嘎吱作響。艾瑪好不容易才用抖個不停的手抓住針，接著半瞇起眼睛，刺破了水球。當她整個張開眼睛時，一層水分膜已包覆住她的全身，但沒有特別的感覺，心情就像是漂浮在距離地面三公分左右。

「貴賓，請大聲說出隧道名稱！」

保全人員一邊阻止往前擠的人群，一邊催促艾瑪。

「一號蒸氣隧道！」

艾瑪一說出目的地，手推車便開始緩緩移動。她感覺到腎上腺素瞬間飆升，既像是在水面上漂蕩，又像是在空中飛翔。不消幾秒鐘，手推車便進入了大廳，承載人群的無數水滴手推車擠滿了大廳的各個角落。艾瑪心想，那情景猶如在可樂內咕嚕咕嚕往上升的碳酸氣泡。就在此時，她聽見某個男人氣急敗壞大吼的聲音。

「你們知道我是誰嗎？光是我持有的飯店，全世界就有五百間。我爺爺、父親還有我，我們三代是怎麼累積財產的，可是那些卻全部消失了？必須流淚才能賺錢？哼！門都沒有！這裡的局長是誰？立刻叫他出來！」

他舉起戴著要價數千萬元名牌手錶的手，不分青紅皂白地指著管理人員和訪客破口大罵。他身上的黑西裝兩側袖口上，印有黑色鴯鶓這種神祕動物的金鈕扣散發出光芒，抹上髮蠟後梳理得毫無瑕疵的髮型，使他緊皺的眉頭更加明顯，男人的年紀看上去最多也不超過四十歲。稍後，兩名魁梧壯碩的保全人員跑來並拉走了男人，大廳這也才安靜下來。

「五百間飯店？因為實施眼淚貨幣制的緣故，那麼多錢在一夕之間全沒了……確實會讓人想氣得吼一吼。」

艾瑪彷彿成了那個失去所有財產的財閥般，對男人的憤怒產生了強烈的共鳴。

艾瑪搭乘的手推車開始慢慢加速，轉眼間就抵達了掛有「一號蒸氣隧道」木牌的隧道入口。就在此時，一名身在隧道中的女人語氣激動地一邊講電話一邊走出來。

「媽！我剛上完課出來，這些人好像全瘋了。你知道眼睫毛掉進眼睛裡有多痛吧？就算因此流了眼淚也才只給淚珠幣一元，那是要給誰塞牙縫？」

「淚珠幣一元……就連買瓶水都不夠啊……」

艾瑪歪著頭思考，接著側眼瞄到其他人下車，因此也跟著下了手推車。下車要比搭車容易多了，只要看著正面很自然地走出來，水分膜就會輕輕地打開一個出口。她一下車，手推車便化為水蒸氣，一晃眼就蒸發不見了。艾瑪現在已經受夠了驚嚇，她伸了個大懶腰，輕輕地抖了抖雙臂與肩膀，舒緩因為緊張而變得僵硬的肌肉，接著沒有一絲猶豫地大步走進了隧道。

以玻璃打造的隧道內側充滿了白茫茫的水蒸氣，表面上有數萬顆水珠如淚水般反覆凝結與流淌。隧道的模樣美麗極了，裡面回響著有如鐘乳石洞窟中水珠落下的聲音，令艾瑪莫名感到有些陰森與淒涼，因此趕緊走出了蒸氣隧道。

一走出隧道，看到的巨門比人的身高要高上許多，門上掛著寫有「新制受訓中心」的門牌。她打點自己的儀容，整理為了趕緊走出隧道而變得凌亂的瀏海和髮帶後，推開了厚重的門把。猶如飯店宴會場地的空間擺滿了鋪上潔白餐桌布的圓桌，但上面空無一物，艾瑪轉向左側，走到大廳最深處，才發現有張桌子坐了寥寥數人。

人們都面向前方的簡易舞台與投影幕坐著，因此看不清楚他們的臉。艾瑪提高自己的後腳跟，避免自己的瑪莉珍鞋後跟發出喀噠喀噠的聲響，躡手躡腳地走向了桌子。艾瑪第一個看見的臉孔，正是那個在大廳大呼小叫的男人。男人依然氣呼呼的，以雙手交叉於胸前的姿勢坐著，他用「看什麼看？」的眼神瞪她，嚇得艾瑪連忙別過了頭。一名中年女子頂著顆似乎久未打理的爆炸頭，用單隻手臂緊緊抱住一個老早就退流行的手提包。

「金柏莉，是我啦！聽說你妹妹尤迪絲終於結婚啦？哎呀，恭喜啊。當然，我當然得去啦，我不去的話，還有誰會去！嗯，到時見啦。」

「艾蜜莉，怎麼會這樣？聽說你父親過世了？我今晚立刻過去，好朋友是做什麼用的，就是得在這種時候出手幫忙呀。」

「羅根！你今天生日啊？我寄了個小禮物。哎呀，朋友之間說什麼報答不報答的。我不幫你過生日，還有誰幫你過呢？是不是呀？下次一起吃個飯吧。好，拜拜啦。」

女人一刻也不停歇地通電話，忙碌地問候親朋好友的婚喪喜慶。

這時，突然傳來「砰」的一聲，嚇到的艾瑪轉頭一看，原來是個看上去七歲左右的小男孩摔了跤。

「你還好嗎？」

嚇了一大跳的艾瑪關切問道，只見孩子撫了撫自己發疼的手肘，但依然露出燦爛的笑容。

「媽麻、媽麻，唔、唔。」

「你說什麼？」

「唔、唔。」

艾瑪一邊想著：「這小男孩是很晚才開始學說話嗎？」一邊把孩子攙扶起來。剛通完電話的女人跑了過來，也沒道聲謝就迅速拉走孩子的手，女人顯然是孩子的母親。

噹啷噹啷、噹啷噹啷。

教育場地突然響起了響亮的鐘聲，艾瑪東張西望，尋找聲音來源處。咻——六角形的機器人以飛快的速度飛到了艾瑪的鼻尖前，感覺就像打掃機器人四處飛來飛去。

「這……這又是什麼啊？」

「你好，我的名字是噗里，我是在管理局各個角落飛行並供應飲用水的機器人。請你立刻說出『噗里，給我水』！」

「什麼？啊……我……我沒關係……」

艾瑪說話時盡可能讓頭部與肩膀往後退，遠離噗里。

噗里也不管她說了什麼，再次說：

「非常簡單，請你說『給我水』！」

「你直接離開吧，我現在不渴。」

艾瑪搖了搖手。

噗里靜止了半晌，很快地身體開始顫動，安裝在它胸口的小小畫面亮起了燈。畫面上有一群人氣藝人與淚水管理局的吉祥物一起載歌載舞，歡唱著「沒事多喝水」的幼稚歌曲。播映影片的這段時間，噗里也跟著跳起舞般左右搖晃，每搖一次都會聽見嘩啦嘩啦的水聲。

「你就喝一點吧，吵到讓人受不了。」

雙手抱胸的男人出聲斥責。

「對不起。」

艾瑪觀察男人的眼色，慌張地對噗里說：

「水！給我水！快點。」

噗里吐出了一個水滴狀的水膠囊，艾瑪急忙將水膠囊一把拿了過來，噗里也迅速地閃人了。她將水膠囊拿在手上，望著噗里飛走的背影，它那一邊搖晃屁股一邊飛走的背影彷彿正心滿意足地說著：「早說不就得了嗎？」艾瑪再次將目光移向水膠囊，以一層薄薄的水分膜包覆的水在裡面晃動的模樣，活像是投入洗衣機或洗碗機的清潔劑膠囊。艾瑪陷入了苦惱，不知道這個應該怎麼喝才好。她試著搖了搖，也用手指去壓壓看，苦惱了許久，最後用兩手的大拇指與食指小心翼翼地撕開了膠囊上方的密封線。嘩——說時遲那時快，膠囊內的水一下子全灑了出來，甚至還濺到了旁邊。

「呃啊啊啊啊！」

旁邊發出了慘叫聲，艾瑪慌張地轉過頭，看見一名女人，她綁了一把高高束起、沒有一根髮絲掉落的馬尾，身穿只有巴掌般大小、雙肩與胸口都能一覽無遺的無肩帶小可愛，以及可以看見半球蜜臀的迷你裙，腳上踩著足足超過十三公分的高跟鞋。女人目睹自己的名牌手提包和墨鏡全都泡湯之後，不禁驚愕不已。

「你是瘋了不成？」

女人以彷彿要殺了艾瑪的尖銳眼神怒瞪她，但比起女人投來的怒視，艾瑪注意到的卻是她的長相，怎麼好像很眼熟？是在哪兒見過呢？就在她皺緊眉頭，目不轉睛地盯著女人之際，女人又吼得更大聲了。

「喂！你是沒聽到我的話嗎？」

聽到女人尖銳的嗓音後，艾瑪頓時清醒了過來，從有如包袱的背包中取出衛生紙，嘗試想替女人擦拭名牌包。

「真的很抱歉，因為我手滑了……」

「你在亂碰什麼啊！知道這個限定版手提包多少錢嗎？」

女人啪的一聲拍掉艾瑪的手，一把奪走衛生紙。

「真的很抱歉……對不起。」

艾瑪連連低頭賠不是。

「道歉就沒事了哦？真的很倒人胃口耶。」

女人指著艾瑪的鼻子，毫不留情地痛罵。

這時，響起了在白色大理石地板上噠噠噠的皮鞋聲。

一位女人朝桌子走來，上半身穿著印有滿滿大朵木蘭花的俗豔襯衫，戴著一副鏡框尾端尖尖上翹的紅色眼鏡，她下半身穿的美人魚曲線裙不知道憋得有多緊，要踩著小碎步穿越寬敞的教育場地，因此費了不少時間。

手提包的主人像在對艾瑪說：「算你走運。」轉動眼珠後，一屁股坐了下來，而艾瑪也嚇得盡可能用把肩膀縮起來的姿勢入座。

女人走上小小的講台，從上方俯視眾人並開始發言：

「各位早安！我是新制受訓中心的蘇珊。大家都知道，一個月後我們即將迎接眼淚變成金錢的世界，我們淚水管理局也決定將新世界稱為『流淌的世界』。今天，我會針對流淌的世界中眼淚如何變成金錢、如何使用，對各位做詳細的說明。首先，請大家做個簡單的自我介紹怎麼樣呢？就從這位綁著可愛蝴蝶結髮帶的小姐開始吧。」蘇珊望著艾瑪。

「大家好，我叫做艾瑪。」

艾瑪感到很難為情，強裝鎮定地說。

蘇珊隨即將目光轉向對面，注視著男人。

男人皺起眉頭，板著臉生硬地說：「我是戴蒙。」

戴蒙剛做完介紹，小男孩的母親便拉開嗓門介紹起自己：

「呵呵呵！大家好，真是個清爽的早晨呀。今天我一來到管理局就已經喝了十顆噗里給的水膠囊了呢，中途可以去上個洗手間嗎？對了，最近我買了一本暢銷書，要說它有多有趣呢——」

女人驕傲地拿起書，封面上清楚地寫著《眼淚如何變成金錢？》。印在書腰上的華麗讚譽閃閃發亮，像是「甫出版即登上排行榜冠軍」、「世界級作家安東尼・伯明罕推薦好書」、「帶給無數讀者感動的話題之書」，令艾瑪不禁好奇起書的內容。

「怎麼稱呼你呢？」蘇珊打斷女人的話。

「哎呀，瞧瞧我這記性，我就是這個樣子。呵呵，我叫做瑪德，這是我兒子魯尼。魯尼！跟大家打聲招呼。」

「唔、唔。」

魯尼咿咿呀呀的，說著讓人聽不懂的話。蘇珊仔細地觀察魯尼，接著不知在手中拿著的夾板上寫下了什麼。

蘇珊抬起頭，望著依然在擦拭手提包的女人，所有人的目光也紛紛投向她。女人喃喃自語著什麼，隨即冷冰冰地說了自己的名字。

「真俗氣，做什麼自我介紹……我叫做葛瑞絲。」

「好，那現在就開始上課吧？首先要告訴各位的是測量淚水量的方法與價格。」

蘇珊邊說邊把資料投影在大型布幕上。由於眼淚的價格是人們最為好奇的內容，大家發揮了驚人的專注力，空間頓時變得悄然無聲。

「眼淚是為了保護眼睛免於受到異物傷害，從淚腺所釋放的分泌物，每一次眨眼時都會不斷生成，每天二十四小時會流出約一克的眼淚，我們稱之為『基本眼淚』，但因為量不多，所以就不會流出或流下來。測量基本眼淚的單位是克，每天都會匯入個人的眼淚帳戶。一克的眼淚是淚珠幣十元，這樣就差不多可以買個漢堡來吃。」

喜悅無法抑制地從內心往上竄，讓艾瑪感到酥酥麻麻的。能用眼淚賺來的金錢買漢堡吃的世界，對我這樣的人來說真是太美好啦！艾瑪雖然愉快得想用鼻子哼歌，但聽到戴蒙氣憤難平的呼吸聲，便藏起了興奮的神情。

「淚珠幣十元？真是太令人生氣了，我可是一小時就能賺淚珠幣十萬元的人，竟然要我用一克的眼淚，而且還是二十四小時加起來的眼淚，去買個廉價漢堡吃？」

「戴蒙，請你先冷靜一下，聽我把話說完。」

蘇珊試圖讓戴蒙冷靜下來。

「冷靜？現在要我怎麼冷靜？我就要一瞬間變成乞丐了耶！」

戴蒙依舊難以平復心中的激動情緒。

「我所持有的財產真的完全都不算數了嗎？就算現金是這樣好了，不動產、股票和虛擬貨幣依然可以持有吧？」

「很遺憾的是，到了一月一日，你的所有財產都會消失。能夠轉賣的高價畫作或骨董全部都要主動申報。」

「為了爬到這個位置，我放棄了真心想做的事，硬逼自己做討厭的事，一路撐到現在。我辛辛苦苦守護的財產，怎麼能在一夕之間就全數沒收？評評理啊。」

「你說的話自然也有道理，你難以接受也是天經地義的。但如今世界改變了，你所面臨的是全新的局面，你必須認可並接受流淌的世界。」

「這不公平，這不公平！」

蘇珊默不作聲地注視難忍激動之情的戴蒙，以柔和但果斷的口吻說：

「雖然你可能難以想像，但有些人在你認為公平的世界上，過著極度不公平的生活。每天夜裡入睡前，無數的淚水浸溼了他們的枕頭，儘管如此，他們仍想盡辦法咬牙忍耐、戰勝不公平的世界，並努力活了下來。他們接受了眼前的情勢，盼望著更美好的未來，撐過一天又一天。儘管對你來說不是如此，但或許這個使用眼淚貨幣的世界，對他們來說會變得稍微公平一些。戴蒙，如今輪到你接受這個不公平的局勢，並付出努力了。」

「這太扯了！這完全說不過去！我絕對無法接受。」

見戴蒙的激動情緒久未平復，氣得暴跳如雷，瑪德惡狠狠地嗆了一句：

「你可不是此時此刻唯一驚慌失措的人，這裡還有孩子，請你稍微壓低音量。」

從瑪德果斷的模樣中找不到稍早前大呼小叫的樣子。就在戴蒙正打算頂嘴回去的時候，蘇珊出面阻止了他。

「來，各位，大家一定都很不知所措，我能理解，但就算這樣也不會因此改變什麼。往後，我與各位只能在流淌的世界活下去，還有各位今天非得完成新制教育才行，因此拜託——請配合一下。」

蘇珊目不轉睛地盯著戴蒙說。

戴蒙看起來依然很不爽，但嘴巴倒是閉得緊緊的。

「眼淚分成各種類型，根據種類，估價也會不同。第一種是『反射眼淚』。所謂的反射眼淚，指的是因風吹、灰塵、煙霧、洋蔥或青蔥等誘發流淚的外部因素，不涉及我們自身的意圖，由身體反射性流出的眼淚。這些眼淚會以『滴』為單位來估價。一滴反射眼淚是淚珠幣一元，就算切了整整二十四小時的洋蔥、硬是讓風或灰塵吹個不停，得到的僅是非常微薄的金額，因此希望不要有人做出這樣有勇無謀的舉動。」

瑪德在便條紙上寫了小小的「洋蔥、風、灰塵」，接著在旁邊用更小的字體寫了「以防萬一」。

「第二種是始於人類情感的『情感眼淚』，首先可大致分成喜悅的眼淚與悲傷的眼淚，還有根據情感是輕盈或沉重，少則支付淚珠幣一百元、多則給付淚珠幣十萬元。」

「眼淚是由誰、又是怎麼測量呢？」

把脖子伸得長長的葛瑞絲挑眉問。

蘇珊指著透明的玻璃箱，箱子內裝滿了小米般大小的珠子。蘇珊使用一根十分細長的鑷子，小心翼翼地將珠子一顆顆取出，說：

「這些珠子內部裝有微型眼淚機器人『尼寶』，是由最尖端的新材質製作而成，以猶如髮絲般纖細的特質為傲。」

她按下拿在手中的遙控器，投影畫面上立即出現了將尼寶放大好幾倍的照片。為了方便移動，兩側安裝了一對翅膀，以及擁有強大附著力的四條腿，尼寶看起來就像隻小昆蟲。

「就算裝進眼淚，體積或重量也絕對不會增加，因此表面上絲毫看不出來，也不會感到不便。它主要會附著在各位的髮絲上，讀取大腦感受到的情感與想法，之後會迅速移動到眉毛附近，裝入第一滴流下的眼淚，我們稱之為『最初的眼淚』。請務必記住，並不是流了大量眼淚就都會換算為金錢。最後，由於必須詳知當事者的情況與流淚的理由，管理局才能做精準估價，因此尼寶會時時錄下周遭情況，也請各位知悉。」

瑪德與葛瑞絲露出完全聽不懂的表情，艾瑪與戴蒙則是在聽到這個眼淚貨幣系統要比他們預想的更完美徹底、滴水不漏時，久久無法闔上張大的嘴巴，只能一臉呆愣地聽蘇珊說話。

「就算此時無法理解所有內容也無妨，只不過各位務必記住這點，強制壓榨他人所取得的眼淚會在一小時內腐敗，變成無用之物。」

蘇珊一臉嚴肅地加重力道說。戴蒙感覺她似乎是衝著自己說的，所以一臉不爽。

「好，現在會在各位的頭上放上尼寶。剛才也說過了，它非常迷你輕盈，不會有任何感覺，因此各位無須害怕。」

蘇珊從箱子內取出小珠子，用鑷子在人們的頭上敲破珠子。因為尼寶太過迷你，所以也看不出尼寶是否不偏不倚地掉在了頭上。

「以各位的手機下載『眼淚銀行』應用程式，就能透過藍芽自動連結尼寶。查詢餘額、轉帳等銀行業務都能在這個應用程式執行，請各位立即安裝。」

葛瑞絲露出「這點小事，易如反掌」的表情，用晶瑩寶石裝飾得閃閃發亮的長指甲喀、喀快速點了幾下；戴蒙則是一副世界上所有會呼吸的生命體都令他不滿意的樣子，露出了不情不願的表情，但還是認分地聽命行事。艾瑪才剛下載好應用程式，畫面上隨即跳出「尼寶連結完畢」的訊息，然後又消失了。確認眼淚帳號的餘額，顯示為「淚珠幣〇元」。竟然是用眼淚填滿銀行戶頭……艾瑪不禁開始期待流淌的世界。

「新制受訓就到此告一段落，接下來會進行簡單的個人面談，因此請在各自的座位上等候。就先從瑪德小姐開始吧？」

蘇珊一邊翻閱金色的夾板一邊說。

瑪德一臉莫名其妙，慌忙地把拿在手上的書推向艾瑪的胸口。

「為什麼我要當第一個？你叫做艾瑪吧？先幫我保管一下。這是我好不容易才買來的，你可要動作輕柔一點！」

瑪德也沒事先取得同意就對艾瑪頤指氣使。雖然艾瑪的心情稍微被打壞了，也不敢說什麼，只能接下保管書的責任。

確認魯尼與瑪德走進某側角落的諮商室後，艾瑪才檢視起手上的書。

「眼淚……是怎麼變成金錢的？看一下應該沒關係吧？」

艾瑪觀察一下周圍的動靜，戴蒙正倚靠著牆面在通電話，葛瑞絲則是將印在手提包上的名牌商標緊緊貼在臉旁猛自拍。確認沒人在看自己之後，艾瑪小心翼翼地翻開了手中的書。

第三章　眼淚貨幣與職業選擇的力學關係

引進眼淚貨幣系統並不代表不必工作。先撇開收入不談，職業與個人使命直接相關，因此所有職業會維持原狀。但，無論是任何職業類型，基本薪資均訂為淚珠幣一千元，除此之外的所有收入都只能以眼淚取得。過往為了維持生計而必須拋棄自身夢想的人，預計會大舉轉職。

「什麼？員工集體繳交了辭呈？」

正在通話的戴蒙突然怒氣衝天地發飆。

看到書中的內容在眼前逐漸化為現實，艾瑪用全身切實感受到流淌的世界，如今並非遙不可及的事情。所謂的飯店是能要求高檔服務的地方，因此必須接受部分奧客仗勢凌人的無禮行為，再加上還有戴蒙這種老闆……雖然過去必須為了謀生而再三隱忍，但反正現在不管做什麼工作，薪水都是一樣的，艾瑪心想，這些員工選擇轉職也是理所當然的。

艾瑪又掃視了一遍翻開的書頁，接著快速闔上了書，她聽見瑪德與魯尼走出了諮商室。瑪德以雙臂無力垂下的模樣走了出來，魯尼則是一頭霧水地緊緊牽著媽媽的手，臉上還掛著一派天真的燦爛微笑。

2 浸溼的枕頭

淚水管理局約定的新年元旦到來了，金錢全部消失不見，以眼淚代替金錢的奇異世界終於拉開了序幕。

今天也是艾瑪第一天上班的日子，起身沖完澡後，艾瑪把乳液與防晒乳混合，像是洗臉般以繞圈方式塗抹上臉之後，穿上了有長長緞帶垂掛的白襯衫與黑西裝褲，最後再噴上散發乾淨棉被香氣的眼淚香水，確認好幾次尼寶確實與手機連結後，便出門走向地鐵站。

艾瑪在地鐵的驗票閘口前稍作猶豫，因為她很納悶，初次使用的眼淚貨幣果真能順利啟用嗎？昨晚人們做了跨年倒數，若要說跟去年有什麼不同之處，那就是過了十二點，沒有半個人親吻戀人，或與家人互相摟抱並大喊「新年快樂」。跨年倒數剛結束，人們就紛紛連上眼淚銀行的應用程式，為的是確認管理局提供給大家近期生活費的淚珠幣一萬元是否確實入帳了。艾瑪也到了午夜十二點就確認眼淚戶頭，接著揉了揉好幾次眼睛，又再確認了一次。

除此之外，擺脫學生身分後，第一天上班的緊張感與興奮感也讓艾瑪徹夜不眠。艾瑪打了個哈欠後，用充滿擔憂的眼神注視著驗票閘口，接著小心翼翼地擺上手機。

嗶——閘口大大地敞開了，她打開應用程式確認餘額，轉眼間已扣掉了三．五淚珠幣的交通費。

「真的好刺激又好酷哦。」

頓時好像有腎上腺素飛快地在全身上下竄來竄去。

「眼淚變成金錢後有什麼用？交通費還不是一樣貴，嘖嘖。」

「上班時間也依舊會有〇．五淚珠幣的加成啊，該死。」

通過閘口走進來的人們各自嘟囔了一句話。

稍後，艾瑪好不容易從擠滿人的車廂煉獄脫身，被一股濃醇的咖啡香與甜絲絲的奶油味吸引。她宛如成了追查毒品的緝毒犬，一邊東張西望一邊努力嗅聞，尋找香氣的來源。腳步停駐之處是間小小的咖啡廳，不知是不是因為拱門是用槲樹打造而成的，咖啡廳散發出一種魔法師會在此進進出出的神祕氛圍。湊近咖啡廳的艾瑪發現門口貼了一張紙，讀起了上頭寫的字：

★淚水管理局推薦菜單★
圓滾滾甜甜梅子咖啡
香脆溼潤香瓜瑪芬
酸溜溜番茄餅乾
好評販賣中，歡迎團體訂購
－提爾斯咖啡廳－

咖啡廳前面被一窩蜂湧上的客人擠得水洩不通。

「本來想說誰會喝什麼梅子咖啡啊，沒想到味道比想像中來得要好呢！還能幫助消化。」

「香瓜瑪芬也別具風味，剛從烤箱出爐的瑪芬上頭切了大塊的香瓜做為點綴，瑪芬的豐富風味與清爽的香瓜組合很不錯呢！」

「管理局那些傢伙，還以為他們只知道遊手好閒，沒想到想出了很不賴的點子！」

不過一個月前，大家還嚷嚷著說梅子咖啡與香瓜瑪芬令人作嘔，但如今這些人已消失得無影無蹤。看到大家一面倒地稱讚味道好又能補充水分，艾瑪不禁覺得好笑，嘴角也跟著上揚。

「請給我圓滾滾甜甜梅子咖啡和一個香脆溼潤香瓜瑪芬。」

艾瑪好不容易在羊群般蜂擁而至的客人之間點完餐，將手機放到咖啡廳刷卡機上，眼淚戶頭瞬間少了淚珠幣九元。

稍後，咖啡師兼咖啡廳老闆的彼得大喊：

「咖啡跟瑪芬好了！」

艾瑪才剛接過彼得遞過來的熱梅子咖啡，便呼嚕嚕地喝了起來。散發炭燒味的咖啡香與甜甜的梅子香氣刺激了她的鼻腔。艾瑪一搖晃起杯子，隨即聽見兩顆圓滾滾的梅子互相撞擊的聲音。烤得熱騰騰的瑪芬與冰涼的香瓜組合，也確實跟聽到的評價吻合，味道十分出色。艾瑪一下子心情好了起來，以滑稽的樣子蹦蹦跳跳地走著。朝氣蓬勃、昂首闊步的她才跨出沒幾步，眼前就出現了一棟直聳入天的大樓。

「所以說……我從今天開始要在這裡工作了嗎？」

艾瑪仰頭望著大樓，她那塞滿香瓜瑪芬的嘴巴咀嚼個不停，同時喃喃讀出了大樓牆面刻的字樣：

淚水管理局

十二月的第一週，距離畢業典禮兩天，坐在電腦前的艾瑪把左手的指甲放在嘴脣邊上啃個不停，右手則是喀啦喀啦不停往下滾動滑鼠。無論做什麼樣的工作，薪水都是給付淚珠幣一萬元，因此畢業生們使出了渾身解數，盡可能想挑簡單的工作做，艾瑪則是希望學以致用當個心理諮商師，她認為那是自己最擅長也能做好的工作。

只是或許是因為世界發生突如其來的變動，許多企業宣布短時間沒有招募計畫，艾瑪擔心再這樣下去自己真的會找不到工作。她把嘴巴嘟成鴨嘴樣，大大地吐了一口氣，呼——這時，手機突然發出「叮！」的一聲。

〔淚水管理局〕錄取通知

親愛的艾瑪：

在此告知閣下錄取淚水管理局的尼賽分析師。

第一個上班日為新年第一週的星期一，一月一日上午九點。

請你在大廳噴水池搭乘水滴電梯至頂樓。

「這不可能啊！我又沒有投履歷到管理局。」

每次看到管理局傳來的訊息，艾瑪就覺得自己患了閱讀障礙症。她將簡短的訊息反覆讀了好幾遍，也揉了揉自己的眼睛。直到她把訊息讀過第二十三次時，腦中浮現了一個人。

「凱倫教授……」

艾瑪趕緊上樓跑向教授辦公室，凱倫的辦公室卻是漆黑一片。艾瑪將眼睛緊貼在玻璃窗上，查看辦公室內部。

「什麼東西都沒有耶？整間空蕩蕩的。」

辦公室猶如剛搬完家的空屋。

艾瑪打電話給凱倫，雖然響起了訊號聲，但電話並未接通。艾瑪轉身跑向一樓系辦公室，史蒂芬妮正在整理一排堆高的文件，向艾瑪打了招呼。

「噢，艾瑪！恭喜你畢業了！」

「謝謝你。那個……史蒂芬妮，凱倫教授呢？我看她辦公室是空的。」

「教授沒說嗎？她下學期申請了停職。」

「為什麼？」

「不知道，教授說過是個人因素，但又好像身體微恙……詳情我也不清楚。你自己打電話問問看吧。」

「我已經打了好幾通，但教授都沒接。」

「大概是在忙吧，她應該很快就會聯繫你了！對了，淚水管理局打了電話來！不單單是學校，在我們這一整區，你是唯一成為管理局職員的人！凱倫教授一定會很以你為傲。」

「我就是為了這件事得見教授一面，想來想去，應該是因為那張票券的緣故……」

艾瑪蹙眉說。

「票券？什麼票券？」

「哦……沒什麼啦。那我先走了，要是你聯繫上教授，請務必跟我聯繫哦。」

史蒂芬妮點頭允諾後，重新將視線轉回堆積如山的文件。

艾瑪拖著沉重的腳步，走在淺紫色的藍花楹樹簇擁林立的校園內，喃喃自語：

「教授為什麼停職呢？」

艾瑪搭乘水滴手推車下樓來到了大廳，大廳中央的噴水池與天花板頂端是相連的，但水流並不是從上往下傾瀉，而是違反重力往上竄。

圍繞在噴水池周圍的圓形服務台，職員們正在替大家指引方向，其中有個頭髮斑白的男職員，只見他用那顆圓滾滾的大肚腩，對艾瑪使勁說：

「你有何貴事呢？」

「我要到頂樓那層。」

「頂樓？那是訪客不能上去的地方。」

男人說，同時瞪圓了在眼鏡後面的雙眼。

艾瑪把訊息給男人看，說：

「我叫做艾瑪，從今天開始在頂樓工作。」

不知是否有老花眼，男人把臉往後拉遠，蹙起眉頭注視手機畫面許久，最後似乎總算讀完了訊息，於是豪爽地大笑：

「噢！艾瑪，真高興見到你啊。我擔任警衛，叫做布魯斯，可不要把我和男女相擁共舞的布魯斯音樂搞錯囉，哇哈哈哈哈！」

「啊哈哈……哈哈……」

布魯斯一副快要被自己的幽默感笑死的模樣，艾瑪也只好跟著乾笑。

就在布魯斯按下隱藏在櫃檯內的按鈕後，通往噴水池內部的門開啟了。一走進櫃檯內，水滴電梯彷彿等候多時似地一分為二打開。布魯斯朝艾瑪點頭示意她搭乘電梯，同時說：

「等員工證下來，到時就可以自由進出了！」

艾瑪的上半身微微往前傾，以此表示感謝後，接著就走進了電梯內。雙腳感覺就像走進了水中，讓人心情不怎麼愉快。艾瑪忙碌地轉動眼珠，狐疑地觀察起電梯內部。

布魯斯用單手暫時抓住門，避免電梯門關閉。

「在頂樓工作的雷蒙局長是我多年的老朋友，你會得到很多收穫的！祝你好運了，艾瑪！」

布魯斯一移開手，電梯隨即被水填滿，沒有一絲縫隙，在原本開口的位置表面，浮現了圓溜溜的按鈕。

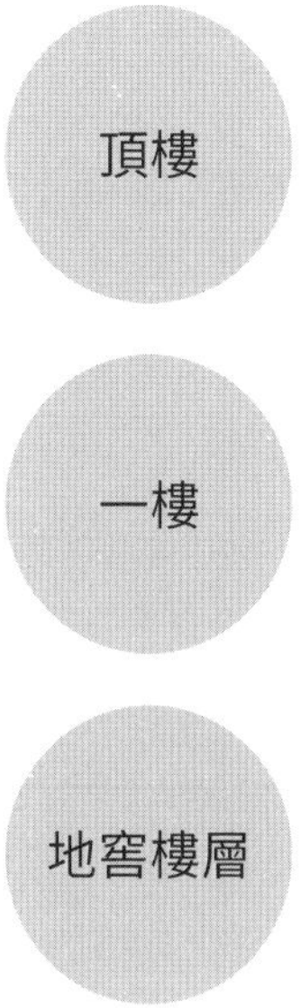

「頂樓、一樓、地窖樓層？名稱怎麼這麼俗氣呀！」

艾瑪噗哧一笑，按下了頂樓的按鈕，水滴電梯便發出咕嚕咕嚕聲，並快速地移動。雖然從外面看不見電梯內部，但在電梯內倒是能把大樓內部一覽無遺。艾瑪細細咀嚼布魯斯說的話。

「假如雷蒙局長跟布魯斯大叔是朋友……」

艾瑪認為雷蒙一定跟布魯斯一樣，是個頂了顆啤酒肚的大叔。

叮，電梯門徹底敞開後，艾瑪不禁瞪大了眼睛，因為眼前是視野全然開闊、沒有任何常見出入門的寬敞空間。天花板上的一堆線路彷彿電線杆般，無規律地銜接天花板的兩端，導致空中景致雜亂無章。繩子上掛著萬國旗、五顏六色的裝飾花環，以及隱約閃爍的燈泡，好似遮陽篷裝飾得很有氣氛的超大型露營車。

還有，最壯觀的景象莫過於淚珠了，數萬滴淚珠沿著那些線往下流至位於中央的螢幕。等到眼淚進入螢幕內，數千個分割螢幕便開始依序播放盛裝在眼淚裡的影片。畫面中的影片不知道有多少，讓人看了眼花撩亂，艾瑪忍不住心想，這裡就像NASA（美國國家航空暨太空總署）的任務控制中心。如不鏽鋼材質般閃閃發光的辦公桌與電腦不規則地擺放在螢幕前，員工們都在忙著分析影像。

「艾瑪？艾瑪．懷特？」

一名陌生男子的聲音響起。

「嚇死我了！」

聽到聲音近在耳畔，艾瑪嚇得花容失色。

「哎呀，真抱歉，我不是故意要嚇你。」

一轉頭便看見一個身穿西裝的清秀男子，男人的臉上散發光采，單側瀏海順勢自然垂落，看上去更顯帥氣了。

艾瑪愣愣地注視著男人的臉龐，覺得自己好像不由自主地臉紅了。

男人帶著會以「致命」罪名遭到判決的微笑，朝艾瑪伸出了手。

「我是雷蒙。」

「幸會，雷蒙先生，等等，雷蒙的話……你是局長？」

「是的，叫我雷蒙就可以了。」

他貌似難為情地搔了搔鼻尖。

艾瑪原本預期雷蒙會是與布魯斯年紀相仿的大叔，這時萌生了莫名的安心感，也一下子對這裡有了好感。

「頂樓是淚水管理局最重要的部門，也就是尼寶分析室，這裡負責分析即時從全世界收到的眼淚情感、評估相對應的金額。眼前你看到的員工都是分析師，艾瑪你也是以分析師的身分在此工作。」

雷蒙以溫柔如鮮奶油般的口吻親切地說明。

這時，看上去像是分析師的男人與女人逐漸拉高嗓門。

「真是太令人傻眼了，這女人為了眼淚而不停切洋蔥，明明受訓時就提醒過了，不要為了金錢做出這種事。」

「艾薩克，那人是中國料理餐廳的廚師。你仔細看影片，她不是為了眼淚而猛切洋蔥，而是正在工作。你有一天切過三百顆洋蔥嗎？不懂就不要亂說，好好地多估算一點金額給人家！」

「那這個你怎麼看？七個年輕男人在強風機前站了好幾個小時，拚命擠出假眼淚！竟然為了錢做到這種程度，這些人真是太沒出息了。」

「請你把影片看仔細，那些人是全世界知名的男子團體，他們不是為了錢硬逼自己哭，而是在拍音樂錄影帶！」

「音樂……什麼？實在搞不懂是在說什麼。唉，不管了！就各給他們反射眼淚的淚珠幣一元！」

他一臉煩躁地在暗米色按鈕上按了七次，電腦畫面上反覆出現了七次相同的文字。

反射眼淚

16-7800 棉花糖

艾瑪一邊想像世界級明星的帳戶分別只有淚珠幣一元入帳的情景，一邊用手摀嘴笑了出來。

「從明天開始，這種反射眼淚就由自動處理系統執行，真是沒有比這更浪費時間的事了！」

喬安看著艾薩克無奈地搖了搖頭，之後轉頭看起其他影片。那是男人屈膝向交往十年的女友求婚的影片，女友的眼眶有一滴感動的淚水咚地滴了下來。喬安的雙手交叉相握，說了句：「真的好浪漫哦！」接著使勁按下了猶如蓬鬆棉花糖色澤的粉色按鈕。

大受感動的幸福之淚

17-3980 奶油玫瑰粉

她按下按鈕後，原本透明的眼淚被渲染成蓬鬆棉花糖般的粉色，接著成列流向了反方向。艾瑪看到透明的眼淚染上色彩後，震驚地張大了嘴巴。

「雷蒙！你看到了嗎？變色了！眼淚變成粉色了。」

「分析師不只負責評估眼淚的金額，也會指定眼淚的顏色。悲傷的眼淚帶有鹹味、喜極而泣的眼淚有些許甜味，氣到落淚的情況，因為具有酸性成分而帶微酸。一天會有超過數十億滴淚滴從世界各地飛進管理局，雖然乍看之下都一樣，但為了能夠輕易區分出性質不同的眼淚，所以會賦予固有的顏色。透過顏色的明度和彩度，可將估算的金額分得更細微。」

雷蒙指著紅色漸層系列的數千個按鈕，接著說下去：

「首先喜悅、幸福、感動等正向的眼淚是紅色系，帶有些許喜悅的眼淚是近似灰色的『渾圓杏』，興高采烈或幸福的眼淚是淡粉色的『奶油玫瑰粉』，當情感益發強烈，色彩也越濃烈，因此感動達到巔峰的眼淚，就會分類為如烈陽般鮮豔的『波斯紅』。」

艾瑪咕嚕嚥下口水，好不容易才抑制衝動，沒有按下代表至高幸福的眼淚「波斯紅」按鈕。雷蒙這次轉身面向反方向的按鈕。

「接下來是悲傷、痛苦、憤怒等負面的眼淚，這些眼淚是藍色系，微怒的眼淚是淡天藍色的『朦朧的港口』，長久累積的痛苦之淚是『沙塵藍』，最後，感受到人類極端悲傷的情感、當摯愛逝去時流下的淚水稱為『夜空藍』。除了這些顏色，還存在著數不清的顏色，當顏色越淡，估算的金額越少；顏色越濃，換算的金額也就越高。」

「原來如此，這裡真令人大開眼界，遠遠超乎我的想像，我覺得自己好像變成了夢遊仙境的愛麗絲。」

艾瑪說話時，雙眼閃爍著亮光。

聽到艾瑪大驚小怪，幾名員工紛紛轉頭看她，感到難為情的艾瑪聳了一下肩，揮手向他們示意。

「那個……局長，不，雷蒙？我應該做什麼事呢？」

打完招呼後的艾瑪問。

「艾瑪，你也是尼寶分析師，但你要做的工作更特別一些。」

「更特別？」

「請到這邊來。」

雷蒙以手指向某處，替艾瑪帶路。

艾瑪與雷蒙走上透明階梯，走向能將整間控制室盡收眼簾的桌面。一看也知道是高階管理人員的座位，艾瑪忍不住心想：「總不會是讓我坐在這工作吧？」

座位上有巨型螢幕與三個電腦螢幕，左邊的座位上坐了個有對尖耳、臉色蒼白的男人，一臉嚴肅地盯著電腦畫面。男人血盆大口般鮮紅的嘴脣好似吸血鬼，看得艾瑪全身不由自主地發抖。

「伊登！這是從今天開始跟你一起工作的艾瑪，打聲招呼吧。」

男人用尖銳的眼神瞅了艾瑪一眼，傲慢無禮地丟出問候：

「你好。」

「啊……你好。」

艾瑪好不容易才移動緊貼在喉頭上的下巴，用眼神打了個招呼，然後躲在雷蒙的背後說：

「我……我要工作的地方是……是這裡嗎？我跟那位兩個人一起嗎？」

「準確來說是三個人，還包括我。」

雷蒙邊說邊用手拍了拍中央椅子的頭枕部分。他的椅子與其他兩張不同，椅墊是以飽滿、彈性十足的黃褐色皮革覆蓋。

「所以是那位跟我，還有局長你嗎？」

艾瑪恨不得立刻逃跑，竟然跟不想共進午餐的直屬上司、就算被刺傷也似乎不會流一滴血的同事是同一組，艾瑪忍不住一直往電梯的方向偷瞄。

「你的座位在這邊。」

雷蒙一邊拉出右側的椅子一邊說。

艾瑪勉為其難地移動自己的屁股，掛在椅子邊緣上，就像是明明不想吃飯，卻硬被媽媽拉到餐桌前坐下的孩子。雷蒙看著她模稜兩可的姿勢，費了好大的勁才忍住了嘴角的笑意。

「我們三人負責需要非常慎重分析的眼淚。艾瑪是盡可能專注在情感上的角色；伊登是以理性的角度，控制過度情感投射與共鳴的角色；而我會聽取你們兩人的說法，評定眼淚最終的金額與顏色。來，那兒有滴眼淚飛過來了呢。」

一滴格外厚重的淚珠沿著繩子往下，輕輕地落在了長得像秤子的測量台上。雷蒙一按下桌面上的圓形按鈕，眼淚便開始在測量台上滴溜溜地轉了起來。旋轉速度逐漸加快，達到最高速時，擺在三人面前的超大型螢幕一閃一閃地啟動了。

艾蜜莉．庫柏出生於貧寒的家庭，從高中就開始做兼職工作。此時二十歲的她雖然就讀國立的技術專門大學，但為了支付學費與生活費，她做了三份兼差。就算再怎麼努力工作，艾蜜莉的處境也不見好轉。她一天就只吃一餐，經常吃兩個只要淚珠幣五元、餡料少得可憐的三明治，或者只要淚珠幣七元就能吃到飽的美食街中國料理餐廳。不知道是否因為攝取了過多調味料，吃完之後總得徹夜跑洗手間，但對她來說沒有比這些更好的選項，因為她得支付已經累積好幾年的助學貸款、相較於狹窄到不行的坪數卻貴到嚇人的房租、明明沒什麼在用可是每次都比上個月更貴的水電費，要是不縮減餐費，就沒別的辦法了。

每天凌晨五點半，她會到位於市中心、有二十八樓的證券公司大樓上班。她背著比身軀更龐大的背包型吸塵器，從頂樓開始逐樓往下，把掉落在每個角落的髮絲與垃圾都清理乾淨。她會從各種角度檢視印滿會議室門上的手印，仔細地擦拭乾淨，接著把每張辦公桌上已經滿出來的垃圾桶清空，如此第一份兼職工作才算是結束了。

打掃結束後，她就得立即跑去學校，一邊點頭打瞌睡，一邊聽課。也有許多日子，不管她再怎麼想忍住，還是難以撐住逐漸變沉的眼皮，最後只能趴在桌上睡得不醒人事。每天晚上，她在家附近的酒吧當服務生直到凌晨，週末又在日本人老闆經營的迴轉壽司店擔任廚房助理。

與平時無異的星期五晚間，艾蜜莉在酒吧工作到很晚。

「食物的味道怎麼這樣啊？你們是怎麼做生意的！」

「拿更多酒過來！我才沒有醉！」

明明不是自己的錯，但光是今天艾蜜莉就已經喊了數十次的「對不起」，直到凌晨一點，她才終於從這地獄般的日常解放出來。

「就算回家馬上洗澡也要兩點了，假如明天要去做晨間打掃就得在五點起床，這樣最多也只能睡三小時，呼……」

就在她加緊腳步回家的路上，唯一還在這時間營業的土耳其旋轉烤肉店內，充滿了在夜店玩累了之後來填飽肚子的年輕人。人們一邊呼呼吹著熱氣騰騰的烤串，一邊大快朵頤。

咕嚕嚕——艾蜜莉這才赫然發現自己今天一餐都沒吃。

「要不要吃點什麼再走呢？反正就少睡一小時吧……」

嘀咕，她下了好大的決心才走進烤肉店。菜單上有熊熊火焰的圖片與複雜的土耳其語，為了讀懂上面小小的英文字，她忍不住皺起了眉頭。

「綜合烤肉，有牛肉、豬肉、雞肉三種肉、番茄與生菜，嘶——」

轉動的旋轉烤肉上滴答流下美味肉汁，當香氣竄進鼻腔最深處，正在閱讀菜單的艾蜜莉頓時垂涎三尺。

「價格要淚珠幣十八元？好貴啊……」

她將目光轉向其他菜單。

「牛肉烤串是淚珠幣十三元，只有雞肉的是淚珠幣十一元……」

她悄悄地看了看站在櫃檯的老闆臉色，因為戴著有如紅地毯帽子的老闆正在嗒嗒拍擊刀子，透露出內心的不快。艾蜜莉足足在菜單前猶豫了半小時之久，最後好不容易才點完餐。

稍後，艾蜜莉拿著食物走到了戶外餐桌，她拿在手上的不是牛肉烤串也不是雞肉烤串，而是只需要淚珠幣五元的炸薯條。艾蜜莉坐了下來，把整盤熱氣騰騰的炸薯條端高，擺在深沉的凌晨天光上。喀嚓！她拍了一張照片後，咬下了看起來最厚的一根薯條。什麼都沒吃的時候還沒感覺，但等到食物真的往嘴裡送之後，覺得更飢腸轆轆了。

「至少能用這個墊墊胃，感覺好一些了。」

她一邊咀嚼薯條一邊打開「航水」應用程式，在這個應用程式裡記錄心情，例如：史上最幸福、覺得憂鬱、普普通通、勉為其難地活著、難過死了……等，就可以預測自己的眼淚顏色與金額，因此成了最受年輕族群歡迎的社交媒體。畫面上有個穿著襤褸T恤與牛仔褲的虛擬化身，全身上下沒有配戴任何付費道具，一臉陰鬱地站在空間中央。虛擬化身的頭上可以看到帳號與個人檔案：

@emily_cooper_10

大學生（學校名稱保密）

無趣到極點的人生

「覺得憂鬱」、「普普通通」

這個個人檔案講好聽一點是簡潔，講難聽一點就是寒酸，上頭沒有常見的學校名稱、職業或任何一項喜好，僅有幾張月光照勉強填補空白。艾蜜莉陷入了苦惱：要上傳剛才拍的炸薯條照片嗎？會不會看起來太寒酸了？她輪流嘗試了免費提供的基本濾鏡後，加上了聽說最近很有人氣的眼淚關鍵字。

#凌晨夜空　#打工結束　#辛苦了　#給自己拍拍肩

每次加上關鍵字時，應用程式右側玻璃瓶內的眼淚就會上升。

看到精挑細選的照片上傳完畢的通知視窗後，艾蜜莉產生了微妙的好心情。雖然照片沒什麼看頭，但至少有件事情能夠隨心所欲，為她帶來了小小的慰藉。

艾蜜莉一臉心滿意足，按下了掛有巨型船帆的遊艇造型按鈕後，在參觀其他人的帳號時，發現了十個香奈兒購物袋層層堆疊的照片。

「就連買一個都有困難的東西，卻在一天內買了十個？讓我看看這人究竟是誰。」

按下寫在照片末端的帳號後，出現了一個從頭到腳穿滿名牌貨、笑得很燦爛的虛擬化身。虛擬化身猶如青春校園電影的女主角般，坐在布置華麗的空間中央，好整以暇地啜飲雞尾酒。

@the queen_grace_01
大學生（麥昆大學經營學系）
模特兒（「Splashing」、「Showing Off」等）
獲選航水年度最佳網紅
第十三屆業餘高爾夫錦標賽亞軍
水肺潛水專業課程結業
商業洽詢（請按下方的救生衣按鈕並傳送訊息）
好玩到極點的人生
「沒有比這更幸福的了」、「覺得開心」

個人檔案寫得十分華麗，貼文區充滿了這女生享受國外旅遊、高爾夫、網球、五星級飯店泳池的自拍照，堆滿名牌購物袋的照片也多到數不清。追蹤者足足有兩百萬人，每張照片都有代表「讚」的數千個水滴與留言。艾蜜莉拿她來跟自己沒有任何留言或水滴的照片做比較，突然感到悵然若失、自慚形穢。

「年紀看起來也跟我差不多……過那種生活會是什麼心情呢？只能拍個炸薯條照片的我，人生真是無解啊。我這輩子已經沒戲唱了。」

艾蜜莉直到凌晨三點才回到了自己比三坪大一點的租屋處，為了遮住布滿黴菌的牆面而貼上的海報，有一邊已經搖搖欲墜。

「沒有一樣東西是完好的，真像個乞丐啊。」

沒有力氣和心情洗澡的艾蜜莉，就這樣直接撲通躺在房間地板上。

嗡——嗡——嗡——她口袋中的手機連續震動了好幾次。

〔**房東阿姨**〕

艾蜜莉，你知道房租已經遲交第三個月了吧？如果明天之前沒有入帳，很抱歉，你就得搬出去了。

〔**HADS-HELP**〕

助學貸款利息拖欠中，請盡快償還。

〔特斯拉通訊〕

顧客你好，你尚未繳納手機通信費。若是持續未繳納，門號將停用。為利於自動繳納帳戶扣款，請你確認戶頭餘額。

未繳納費用：淚珠幣四百三十元

本月費用：淚珠幣七十元

合計金額：淚珠幣五百元

「真希望可以不用擔心錢就好了。」

艾蜜莉的嘆息更為沉重了。

不知道過了幾秒，好友們的群組聊天室也傳出震動聲。

「大家！這週末要不要一起出去玩？兩天一夜，每個人只要付淚珠幣五百元就行了，怎麼樣？」

「OK！我應該可以。」

「也太便宜了吧？知道我非五星級飯店不可吧？」

「當然是五星級啦。艾蜜莉！這次你會一起去吧？」

儘管艾蜜莉連回訊息的力氣都蕩然無存，但害怕如果已讀不回會破壞與好友之間的關係。她反覆將訊息刪刪寫寫了好幾次，煩惱該怎麼說才能委婉拒絕。

「抱歉，我要打工，可能去不了。祝你們玩得開心。」

傳出訊息後，艾蜜莉焦躁地觀察好友的反應。

「你怎麼每天都在打工啊？」

「對啊，艾蜜莉，偶爾也要玩一下啊。」

艾蜜莉覺得胸口越來越悶，就像是被勒緊似的。明明沒有做錯事，卻感覺好像變成了罪人——身無分文的罪人。

她的手機再次響起來，這次是有人打電話來。確認來電者是誰之後，艾蜜莉努力拉高聲調，接起了電話。

「媽……」

「我女兒的聲音怎麼有氣無力的？哪裡不舒服嗎？」

「哪有不舒服，是因為太健康了啦！」

艾蜜莉努力讓自己的聲音聽起來有力氣。

「吃過飯了嗎？又要工作又要讀書的，很累吧？」

媽媽丟出一連串問題後，一時沒有說話。

「對不起……是因為媽媽沒有能力，才會讓我女兒吃盡苦頭。」

艾蜜莉咬牙忍住馬上就要爆發的眼淚，安慰媽媽：

「你怎麼說這種話啦，媽，我沒事，媽媽要是生病了就別忍著，拜託一定要去醫院。清潔工作那麼累人，別又像上次一樣暈倒了，好嗎？」

艾蜜莉的媽媽說自己好得很，要她別擔心，好好吃飯，身體一定要健康，不斷反覆說這些話。聽到媽媽如此擔憂自己，艾蜜莉覺得下一秒就要流淚了。

要是我哭了，媽媽會傷心的，我得趕快就此打住。艾蜜莉暗自想。

「哈啊——媽，我睏了，得睡了。啊——」

艾蜜莉用手掌拍了拍自己張開的嘴巴說。

「嗯，是媽媽太不會察言觀色了。趕快睡吧，我女兒晚安囉，媽媽愛……」

喀噠。艾蜜莉趕緊掛斷了電話，因為她聽出媽媽打算說：「媽媽愛你。」想到此時若是聽見那句話，淚水可能真的會嘩啦嘩啦流個不停，艾蜜莉心一橫，切斷了隨著通話按鈕一起湧上的情緒。為了阻止快要流下來的淚水，艾蜜莉一邊望著天花板，一邊用手搧風。

叮，手機再度響起。

「今天到底為什麼要這樣對我！」

艾蜜莉心情煩躁地用手指使勁按下手機畫面，可是看到訊息後，艾蜜莉的眼睛隨即蒙上一層白茫茫的霧氣。

「女兒，我轉了淚珠幣一百元到你戶頭。抱歉金額這麼少，因為這個月沒出去工作幾次……媽媽下個月會多給你一些。去買個烤串來吃吧，你不是很喜歡吃那個嗎？知道了嗎？媽媽很愛你哦。」

「嗚嗚嗚……」

忍耐一整天的淚水最終還是洩洪了。艾蜜莉抱著俗氣的花紋枕頭開始放聲大哭，這是媽媽買給她的枕頭，艾蜜莉想起自己曾經大呼小叫，問媽媽幹麼買這麼俗氣的東西回來，要她立刻拿回去退貨。

沒錢卻徒有關愛，媽媽的愛偶爾會導致艾蜜莉變成怪物，雖然心裡能懂、腦袋卻無法理解，雖然愛媽媽，同時卻又恨她、埋怨她的那種怪物。她對讓自己繼承貧窮的媽媽大小聲、發脾氣，這樣的行為轉換成另一種創傷與傷痛。她把媽媽當成出氣筒發洩，之後看到媽媽用悲傷眼神望著自己，又感到心疼，愧疚與懊悔襲上心頭，讓她既丟臉又悲慘，抬不起頭來。為了錢而在世上受苦，將那種痛苦轉為對媽媽的傷害，又因心中的懊悔而感到痛苦的可怕惡性循環……艾蜜莉想著，我真的好討厭自己，我不想活了，我沒信心能活下去，也看不到一絲希望。

艾蜜莉將整張臉埋進使勁抱著的枕頭，傷心地啜泣。一如往常的熟悉風景，今晚花紋枕頭也逐漸被她的淚水浸溼。

💧 💧 💧

艾瑪的淚水與鼻涕猶如瀑布般傾瀉，她將擦拭過的衛生紙堆放在辦公桌上，伊登見狀，頓時驚愕不已。

「艾瑪，你沒事吧？」

遞送衛生紙的雷蒙關切道。

「抱歉，我在工作場合哭得這麼慘，真丟臉呀。」

「噢，艾瑪！流眼淚沒什麼好丟臉的，這反而是毫不保留將自己的純粹表現出來，因為真正的自我不是什麼能藏匿或隱藏起來的東西，如實表現出來的樣子才是自己真正的樣子。艾瑪，你是用眼淚成功守護自己原來面貌的人，請別為此道歉。」

雷蒙說的話讓艾瑪驚訝不已，因為這些話與自己過去聽到無數次的「有什麼好哭？不要在公共場合哭，要哭就回家哭，哭了能解決事情嗎？」截然不同。

稍後，雷蒙等艾瑪的情緒鎮定下來，沉穩地繼續說下去：

「這年頭的年輕人，為了就算存一輩子薪水也買不起的房子、永無休止的社會競爭、粥少僧多的情況，而過得格外辛苦，不僅在狹小的租屋內靠幾片吐司充當午餐，還過著與朋友或家人斷絕往來的孤立生活。像艾蜜莉一樣家庭不富裕的人，痛苦想必也跟著加倍。伊登，你是怎麼想的？」

艾瑪緊張地嚥了嚥口水，因為覺得從伊登口中說出的每句話都會冷如冰磚。她的預感沒有錯。

「這個嘛，這點痛苦應該是活在世上的多數人類都會經歷的吧？如果要再冷靜客觀一點，那位小姐正在接受高等教育，有個雖然小卻足以容身的住處，而且還有能講電話的父母。住在海地或委內瑞拉等貧窮國家的人，因為規模超過七．〇的地震而失去家園與父母，失業率也超過了百分之九十，別說是上大學了，沒有接受小學教育的人遍地都是。如果跟那種人做比較，艾蜜莉．庫柏的眼淚無法看作是那麼悲傷的眼淚。」

「話不能這樣說！」

不敢和伊登對上眼神的艾瑪用力敲擊桌面大喊：

「不能只跟處境極度嚴苛的人比較啊！艾蜜莉在過去幾年都是盡了自己最大的力量，可是情況卻絲毫不見好轉。若是跟比她處境好上許多的人做比較，艾蜜莉的眼淚能充分視為『高強度的悲傷眼淚』！我們在一夕之間迎來了流淌的世界，你認為理由是什麼？我認為是為了艾蜜莉這樣的人，是為了每天徹夜流淚到枕頭都浸溼的人，如今是那些人的眼淚獲得補償的時候。」

艾瑪如機關槍般一口氣說了無數個詞彙，但每個字都說得清清楚楚、義憤填膺。伊登露出驚慌失措的表情，再也沒有說話。雷蒙則是點點頭說：

「艾瑪，冷靜點，你現在說的一點都沒錯，但伊登的話也有道理。這世界上始終存在著所謂的相對性，根據與誰做比較，時而會感覺自己的人生過得一帆風順，時而又會彷彿置身地獄。必須在不公正與不均衡之間找到合理的界線，那就是我們必須做的工作。依我看來，這樣應該算是恰當。」

他用力按下了摻有些許深灰色的藍色按鈕。

累積多時的受苦與痛苦之淚

15-9870 沙塵藍

「雷蒙！淚珠幣一萬元太少了啦。艾蜜莉就讀的大學，一學期學費就要淚珠幣兩萬五千元了。」

艾瑪以滿是失望的語氣說。

「也不用覺得太惋惜。艾蜜莉在度過自己的人生時，還會持續不斷地碰到哭泣的瞬間，時而會因幸福洋溢，時而又因痛苦萬分而哭泣。不妨就把這次的眼淚想成是對她訴說『加油，艾蜜莉，你真的做得很好，世上依然存有希望』，這樣的小小安慰如何呢？」

在鳳頭鸚鵡嘰哩呱啦叫個不停的早晨，艾蜜莉再次被震天價響的訊息音效吵醒。

「煩死了，這次又是什麼？我又有什麼沒繳了！」

〔淚水管理局〕眼淚處理結果通知

親愛的艾蜜莉・庫柏，閣下的眼淚被評定為「累積多時的受苦之淚」，已依以下資訊支付給你。期盼近日能因喜悅與幸福的眼淚與你相見。

■受理編號：1007367114

■支付金額：淚珠幣一萬元

「個、十、百、千、萬……？這是淚珠幣一萬元嗎？」

艾蜜莉反覆數著入帳金額上頭的數字「〇」，不停地揉自己的眼睛，簡直不敢置信。

這些錢不僅能在某程度上償還助學貸款的利息，暫時也可以不必擔心手機費與房租了。

艾蜜莉猛然起身，望著空無一物的眼前大喊：

「謝謝你，真的很謝謝你！我會努力活下去的！真的……真的太感謝了。」

一盞微小的希望之光再次為她的人生注入了動力。

表達完謝意後，艾蜜莉一把抓起手機，手指頭開始忙碌了起來。

——房東阿姨，我把拖欠的房租轉帳給你了，很抱歉遲交了。

——本月助學貸款利息已償還完畢。

——特斯拉通訊未繳納費用已付清。

迅速將眼前的緊急狀況解決之後，一種微妙的成就感與刺激感包圍了艾蜜莉，內心充滿了能戰勝一切的自信感與幹勁。她打電話給某個人，聽到訊號音逐漸拉長，咬著指甲的她隱藏不住內心的興奮之情。

喀啦。

「女兒呀，一大早的有什麼事嗎？」

「媽，今天我們去吃頓好料吧，我等一下過去你工作的地方。」

「什麼？今天是什麼日子嗎？」

「嗯……今天是什麼都想做、感覺無所不能的那種好日子。」

艾蜜莉的胸口，有一團沉甸甸的東西正在推動她的五臟六腑。這團東西所造成的龐大振動，沿著食道往上竄，染紅了她兩側的眼眶。看來遇見喜悅與幸福之淚的日子，並沒有那樣遙遠。

3 藍精靈商店

下班路上，艾瑪的步伐輕盈無比。像艾蜜莉這樣每天夜裡必須偷偷流著無數淚水，卻無法獲得任何補償的人，如今遇上了能以眼淚獲得報酬的世界，加上那還是自己在管理局首次負責的案子，兩者都讓她感覺全身輕飄飄的。

「艾瑪，第一天上班怎麼樣？你怎麼傻笑個不停？下班後是要去約會嗎？」

看到艾瑪臉上掩不住的笑意，警衛布魯斯問。

「是比約會要更——棒的事情！」

艾瑪邊刷員工證邊走出水滴噴水池。

「那是什麼？」

「大叔，我真的很喜歡這裡，甚至覺得沒有比這裡更棒的地方了。我先走了，祝你有個美好的夜晚。」

艾瑪一邊看著布魯斯一邊倒退走，將手舉高揮了揮。

布魯斯聽到這無法理解的話後稍微聳了聳肩，很快就隨著她露出了微笑。
艾瑪經過一號蒸氣隧道時，看見了雷蒙的背影。
「局長！」
艾瑪大喊道，但雷蒙飛也似地穿過玻璃牆，消失在管理局外面。
艾瑪想起在頂樓時與雷蒙的對話。

「本來還很擔心的，但你適應得比想像中要好，真是萬幸啊。」
雷蒙對艾瑪說了讓人摸不著頭腦的話。
「咦？那是什麼意思？」
「我的意思是，本來擔心艾瑪你能不能勝任情感分析師的角色，但幸好你做得比我想的更出色。」
雷蒙一時慌了手腳，有些閃爍其詞。
「哦……好。」
「我很好奇一件事，艾瑪，你最後一次為了自己哭泣是什麼時候？」

「什麼？」

艾瑪感覺到大腦瞬間停止運轉。

「艾瑪你似乎是個體諒他人、具有同理心的人，並擁有陪伴他人哭泣的卓越能力，我很好奇這樣的你在什麼時刻會為自己流淚？」

「為自己流淚嗎？為自己……為自己……呃……那個……」

艾瑪將手放在胸口上，說話結結巴巴，感覺似乎是出生以來初次聽到「為自己流眼淚」這幾個字。

「讓人有些意外呢，像你這樣多淚的人，對這個問題竟然答不上來。」

艾瑪緊緊咬著嘴脣，一句話也說不出來。

「艾瑪？」

雷蒙從旁邊觀察眼神突然失焦的艾瑪，小心翼翼地出聲。

「什麼？」

「如果這問題令你為難，我很抱歉，但請你認真地思考一次，這是為了你自己。」

本來彷彿羽毛要飛上天般的輕盈步伐，現在卻變得沉重無比，艾瑪感覺自己猶如行走在沙灘上。

「最後一次為了自己哭的日子，我為什麼回答不出這麼簡單的問題？是去年嗎？還是前年？我什麼也想不起來。幾乎每天都在哭的我，難道就沒有為自己哭過嗎？」

艾瑪對自己問了又問，搖了好幾次頭，然後走出了管理局。稍後，她的目光停駐在一間以紅磚柱砌成的禮品店──「藍精靈」，溫暖的象牙色燈光明亮地照耀著。

黑板上方是以白色粉筆寫成的價目表，購買三樣商品是淚珠幣十元，下方則是五顏六色、各種花紋的紙膠帶，漂亮精緻地陳列在展示櫃後。看到在溫馨燈光下各自展現個性的文具用品與禮品，艾瑪彷彿被迷惑似地走進了店內。

噹啷──有如老舊商店遺物般被留下的褪色門鈴，告知客人上門的消息。

「歡迎光臨。」

一名有著濃密深栗色頭髮的中年女子，從櫃檯後面走了出來，她的一雙深邃眼睛似乎會將人吸進去，一手拿著印滿圓點的水瓶，另一手則是拿了根羊毛撢子，她就是老闆黛安娜。

「是要送禮嗎？給家人？還是朋友？」

黛安娜不僅頭髮與睫毛濃密，而且身材前凸後翹、十分豐滿，因此即便只是走出來也讓人覺得有些壓迫。她的身型條件讓艾瑪往後退了一步，不由自主地點了點頭。

「你來得正是時候！今天有滿滿的新商品到貨。」

黛安娜一臉興沖沖地挽著艾瑪的手臂，將她領向了以紅木打造成的置物櫃前，置物櫃上整齊地擺放了白色、豔紅、黃色與草綠色的化妝品。

「沒有比護手霜更好的禮物啦，白色是洋蔥、豔紅是辣椒、黃色是大蒜、草綠色會散發大蔥的香氣。若是在擦了這護手霜之後流淚，會因為辣味而多獲得〇．三倍的金額哦，這可是我們店裡最高人氣的禮品。來，你擦擦看。」

唧——黛安娜從紅色管子中擠出乳液，輕輕擦覆在艾瑪的手背。艾瑪雖然不樂意，但並不想浪費護手霜，所以就在整個手背上塗抹開來。

「咳咳咳，呃啊！我的眼睛！」

辣椒味通過鼻腔，就連大腦都變得辣呼呼的，讓艾瑪忍不住咳嗽連連，眼睛隨即就充血發紅了。

「只有剛開始會那樣，再過一會兒就會沒事了。正所謂『No Pain, No Gain.』你以為天底下有白吃的午餐嗎？這世界可沒那麼容易喲。」

黛安娜用故作誇張的眼神看著艾瑪，把豔紅護手霜當成嗅聞花香般聞個不停。

「味道香香辣辣的，好聞得不得了喲。」

稍後，可能是眼睛和鼻子習慣了辣味，艾瑪總算能脫離苦海，只是嗆辣的餘味仍會不時飄上來。

黛安娜這次改帶艾瑪到店門口附近。在不停旋轉的陳列櫃上，掛滿了小玻璃瓶的鑰匙圈，有像鈴鐺般小巧渾圓的、像試管般長條狀的、長得像藥瓶的、長得像沙漏的、形狀如針筒的玻璃瓶設計，讓人看了目不暇給。

不知在哪兒聽過，最糟糕的禮物第一名永遠都是鑰匙圈。在新科技與元宇宙占領的世界上，居然要提議送鑰匙圈這種懷舊的象徵物嗎？

艾瑪臉上掩飾不住退避三舍的心情，說：

「最近還有人會送鑰匙圈嗎？」

「哎呀，怎麼說這種讓人受傷的話，這可不是普通的鑰匙圈喲。」

黛安娜取出掛有試管玻璃瓶的鑰匙圈，湊近細瞧，玻璃瓶的表面可以清楚看到印有密密麻麻的刻度，鑰匙圈上有著必須瞇眼才能勉強看到的超迷你鏡頭，正閃爍著紅色燈光。艾瑪吃驚地望著黛安娜，黛安娜迫不及待地開始說明產品：

「這才真的是任何人都想擁有的最佳禮物呢！若是有天尼寶故障了，讓珍貴的眼淚白白流掉的話，該有多令人扼腕啊？」

黛安娜說到這時，用雙臂覆住自己的胸口與肩膀，更激烈地表達出內心的遺憾。

「這個鑰匙圈小巧輕盈，最適合隨身攜帶了。碰到需要接下眼淚的瞬間，只要裝在這個玻璃瓶之後，上呈給管理局就能換算成金錢了。至於掛在鑰匙圈尾端的鏡頭呢？只要提供一項影像證據代替事件原委書，就能為忙碌的現代人省下時間了。這是今年最想收到的禮物第一名，閃亮亮的緊急用尼寶鑰匙圈！」

黛安娜彷彿跳舞似地轉了兩圈後，伸長了單腳與單側手臂擺出姿勢，為說明劃下了句點。艾瑪覺得自己像是看了一齣音樂劇，應該至少鼓掌一下。

「好，你喜歡哪一個呢？」

黛安娜邊鬆開姿勢邊說。

「這個嘛……」

艾瑪吞吞吐吐，沒辦法立刻回答。

「我來替你推薦吧，你說收禮的人是誰呢？」

「收禮的人……那個……」

艾瑪實在沒辦法說出自己沒有送禮的對象。

不知是不是感到不耐煩了，黛安娜的眉頭越鎖越緊。

「是女生嗎？還是男生？朋友？不然是家人？年紀呢？很年輕嗎？還是年長者？知道對方平時喜歡的物品之類的嗎？職業是什麼？」

「那個人……就是……是女生，算是年輕的……」

「那位小姐喜歡什麼顏色？她的血型或星座呢？生日呢？生日是幾月？誕生石是什麼？珍珠？藍寶石？她喜歡比較強烈的香水味道嗎？」

「拜託別再問了！」艾瑪在內心大喊道，送禮對象根本就不存在，當然不可能會有喜好啊。

艾瑪聽到黛安娜步步進逼的聲音後，索性閉緊了眼睛大喊：

「那個人是我啦！」

一股靜寂瞬間籠罩了商店。

周圍突然悄然無聲，艾瑪開始不安起來，於是稍微睜開眼睛觀察黛安娜的臉色。本來像個殺人魔般問個不停的黛安娜，這時卻緊閉了雙脣，她的表情一掃剛剛想使出渾身解數賣掉商品的生意人嘴臉，顯得很慎重。

「原來是需要一份給自己的禮物啊。」

艾瑪靜靜地點頭，黛安娜也跟著點了一下頭做為回覆。黛安娜開始以略微不同的視線環顧整個店內，艾瑪也將自己的目光交疊在她緩緩探索商品的視線上。

「那個應該不錯！」

黛安娜在原地沉思許久，突然像是想到什麼好東西，朝著某個角落大步走去。在她豐滿臀部的碰撞下，每經過一個地方時，堆放成之字形的物品都嘩啦啦掉到了地上，有讓人感受到比平時增幅兩倍情感的五感香水、能安撫哭泣新生兒的娃娃、只有紙杯般大小，卻能裝下一整個淨水器水量的魔術保溫杯、為不善於使用眼淚銀行的老人家設計的加值式卡片等東西。黛安娜不以為意地招手示意艾瑪過來。艾瑪盡可能踮起腳尖移動，避免踩到掉在地上的物品。

「沒有比這更適合拿來當作送自己的禮物了。」

黛安娜站立之處，有高檔的復古精裝筆記本與槲樹打造的鉛筆盒，不分橫豎地層層堆放著。

黛安娜拿起一本筆記本和一個鉛筆筒，遞給艾瑪。

「這本筆記本是以最高級的白樺樹紙張製作而成，是未使用酸性物質的中性紙張，就算經年累月也少有泛黃現象，保存文件的效果卓越。除此之外，隱約的象牙色能緩解眼睛的疲勞並提供舒適感。」

「啊……很感謝你的推薦，但如果是筆記本和鉛筆就不用了，我已經有手機和平板電腦——」

艾瑪拿起自己的電子器材給黛安娜看，盡可能以謙遜的態度說。但黛安娜徹底忽略她說的話，自顧自地說下去：

「不只是這樣喲，這個筆筒內裝的鉛筆運用出色的混合技術，顆粒排列得既細膩又柔和，它使用雜質較少的最高級石墨及黏土，寫起來顏色濃烈又能保持整潔乾淨。特別是石墨跟鑽石一樣，都是由碳原子組成的，鉛筆芯的強度強、筆芯不易磨損，能依你的需要長時間使用——」

「那個，很抱歉打斷你說話，但我真的不需要筆記本和鉛筆筒，如果你推薦其他物品……」

艾瑪與黛安娜輪流打斷對方的話。

「送給自己最好的禮物，就是擺脫外界所有的妨礙，全然專注在自己身上的瞬間。你手上拿的東西有數千種資訊，時時刻刻響個不停，就連一秒也不肯放過你；有時還會導致你正在做的事或想法一而再、再而三地拖延。換句話說，就是完全無法『專注』。」

黛安娜瞄了瞄艾瑪的電子器材如此說。聽到她的這句話，艾瑪連忙將拿著手機的手藏到背後。黛安娜假裝沒看到，繼續說下去：

「為了你自己著想，你需要數位解毒劑。所謂的數位解毒劑，指的是一天至少有一小時擺脫所有電子器材，變得自由與安定。尤其是現在這個一切都仰賴尖端技術運轉、機器人會接收淚水測量情感輕重的忙碌世界上，就更迫切需要了。想送禮物給自己嗎？想了解自己嗎？想為自己做些什麼嗎？想要如實精準地回顧自己，沒有比筆記本與鉛筆更好的東西了。翻開筆記本，與你自己展開一場對談吧！象牙色紙張會使你的雙眼與心靈感到安定，這枝無雜質的鉛筆將會以濃烈整潔的筆觸，寫下關於你這個人的一切。」

黛安娜把鉛筆疊放在精裝筆記本上，遞送到艾瑪面前，艾瑪凝視她的眼睛片刻，接著不發一語地收下了。

4 萬年吊車尾

「各位觀眾，大家好嗎？五月的最後一週，排名第一位的FC藍調城市與FC黃鳥將展開對決。今天的解說將由前足球國手、中場傳奇的菲利浦．威爾斯先生與我們一同參與，歡迎你的蒞臨。」

「大家好。」

「你預測今天的比賽會如何呢？」

「怎麼說呢，FC黃鳥確實是運氣不太好，畢竟是跟排名第一位的隊伍較勁，相較於獲勝，應該把目標放在避免慘敗。」

艾瑪坐在家附近巷內的佩蒂斯酒館，把剛炸好上桌的酥脆馬鈴薯切片沾了一次甜椒醬，又沾了一次酸奶油，邊吃邊觀賞足球比賽。隔壁的客人似乎在打賭哪個隊伍會贏，整桌鬧哄哄的。

「我押淚珠幣五十元，賭藍調城市會以八比〇獲勝！達倫你咧？」

「居然有這種小氣鬼！我押淚珠幣一百元，賭十比〇！」留著大把栗色落腮鬍的男人握拳敲擊一下桌面，豪邁地說。

「嗚哇啊啊啊啊，嗚哦哦哦哦，上啊，藍調！上！」

當藍調城市帶球前衝時、不小心把球踢偏時、賽況暫時穩定時，觀眾們都像是要鑽進畫面般，急切地傾身湊近電視，發出各式各樣的驚嘆與嘆息聲。

「進球！踢進了，上半場藍調城市已經攻入四球了！」

人們擁抱在一起歡呼，預感藍調會完勝。艾瑪平常最喜歡的藍調城市王牌選手肯特連進三球後，上半場結束，但很奇怪的是，艾瑪高興不起來。大幅變緩的動作、垂頭喪氣的模樣、蒙上陰影的表情，看到離場去休息的黃鳥選手們的樣子，讓艾瑪的內心很不好受。她尤其在意守門員，一方面是因為他在上半場讓對手踢進了四球，同時也因為他是上次艾瑪看的電視紀錄片主角。

💧 💧 💧

「各位愛護孩子的資助人，你們好嗎？歡迎來到利爾蘭翠斯會議中心，第五十屆資助人畢業典禮。我們邀請了在短則十年、長則二十年的期間，為了孩子祈禱、支持孩子的資助人，怎麼能在如此漫長的歲月始終握著孩子的手呢？著實教人吃驚，也令人心生敬意。請大家熱烈鼓掌，為坐在我們周圍的資助人獻上祝賀與感謝。」

主持人的話音剛落，觀眾席的資助人便互相握起手來，有人輕輕地擁抱，也有人邊鼓掌邊激勵彼此。

「今日，有位非常特別的資助人來到現場，和各位一起參加畢業典禮，他就是超級聯賽ＦＣ黃鳥的守門員兼隊長——喬許．岡德，請各位鼓掌歡迎！」

主持人朝舞台側邊伸出手，隨即有個高大挺拔、長相俊秀的男人走上了舞台。兩人握手之後，接著並肩坐在工作人員事先擺放的椅子上。

「喬許．岡德選手，幸會，請你向今天來參加畢業典禮的資助人，以及正在收看節目的全世界資助人打聲招呼。」

「大家好，我是喬許．岡德。」

語氣生硬的他露出了微妙的表情，不知是不是對這種場合感到尷尬，他老是盯著方向不對的鏡頭看，導致觀眾席上笑聲一片，他的耳根也瞬間變紅了。

「各位，喬許選手好像非常緊張，就請大家鼓掌為他助陣一下吧。」

主持人拿著麥克風朝喬許拍手，觀眾席也隨即獻上一波掌聲洗禮。喬許依然顯得緊張萬分，朝觀眾席輕輕地行了個注目禮當作回答。

「現在就來聊一聊我們資助的小朋友吧?請你親自介紹一下。」

「我所資助的孩子,是住在泰國清萊深山村落的阿拉克.波賽,我是在他八歲時初次見到他,現在已延續十二年的緣分了。」

「哇,竟然十二年了,真的太了不起啦。聽說你在資助的第二年就親自前往泰國去見那個孩子,請問你在那之後也有見過阿拉克嗎?」

「沒有,雖然每個月都會通信,但那次是最後一次見到面。」

「那麼你應該很想見到阿拉克囉?」

「是啊,當然很想見到——」

觀眾席之間爆出了「哇——」的驚嘆聲。喬許被觀眾的反應嚇到,停止說話,主持人則是要喬許轉身看看螢幕。一看到螢幕中的年輕人,他馬上哽咽地用手摀住嘴巴,那位年輕人正是今年剛滿二十歲的阿拉克。

「阿拉克!你能聽見我說話嗎?」

主持人口齒清晰地說。阿拉克也回答自己聽得很清楚,接著是口譯幫他翻譯。

「喬許,這是你心心念念的阿拉克,請打聲招呼吧。」

喬許似乎說不出任何話來,他難以置信地看了又看畫面上阿拉克的臉。

「這位資助人似乎情緒太過澎湃,一時忘記要說什麼了,那麼,首先……」

主持人一臉騎虎難下的表情輪流看著提示卡與製作人，製作人趕緊在提詞機上輸入「先讀信」，接著主持人便點點頭，駕輕就熟地說起台詞。

「好的，各位，阿拉克抱著感謝的心情準備了一封信要給資助人喬許，是不是很令人好奇啊？」

主持人問完，觀眾席間傳來很響亮的「對」。不一會兒，阿拉克開始讀起信件：

「親愛的資助人，你好，我是阿拉克，謝謝你十二年前決定資助我，直到今日仍一如既往地愛護我，為我禱告。我無法忘記初次見到你的那天，因為這一切對我來說都是前所未有。不管是搭飛機到曼谷、在餐廳用餐或住在飯店，還有參觀用大象糞便造紙的園區都是。我們的合照、你寄來的每一封信件，我都珍惜地收藏著。」

阿拉克笑著讓鏡頭拍攝放滿照片與信件的盒子，喬許忍不住哽咽，沒辦法正視阿拉克，目光也不停顫抖。

「你每年的聖誕節和我生日時都會寄來禮物，以及附上照片的信件，那些信件成了我活下去的原動力。每當我感到辛苦、力不從心時，我靠著閱讀這些信件撐了下來。我在資助人你的幫忙下而能夠上學，是你拯救了我的人生。你不求任何代價，資助我整整十二年，你是我的資助人這件事讓我感到好驕傲。資助人叔叔，真的很感謝你，還有——我愛你。」

阿拉克用喬許的母語說出最後一句話。

其他資助人的啜泣聲在觀眾席間此起彼落。

「也請喬許對阿拉克說句話吧。」

主持人催促從頭到尾直盯著地板的喬許。

喬許沒辦法輕易將麥克風拿到嘴邊，他的腦海一片空白，不知道該從哪裡開始講才好，整個人顯得很慌亂。他用餘光瞄了畫面幾眼，觀察阿拉克的表情，阿拉克則是露出淺淺的微笑，靜靜地等待喬許。稍後，喬許總算拿起了麥克風。

「阿拉克，好久不見了，能像這樣在畫面上看到你的臉、跟你對話，真的好令人開心。首先，謝謝你成長為開朗健康的人。能夠變成這麼沉穩正直的年輕人，我為你感到驕傲。我們在泰國道別的那天，你曾經問我：『資助人叔叔，你會再來看我嗎？』當時我沒有半點猶豫就允諾了，可是我卻沒有遵守那個約定，而是以忙碌為藉口、以生活辛苦為藉口，對不起……因為我食言了，因為我讓你等了太久……真的真的很抱歉。」

喬許話說到一半，忍耐多時的淚水終於潰堤，沒有遵守約定的愧疚感猶如瀑布般傾瀉而出。

「沒關係的，資助人叔叔，因為我知道你非常愛護我。假如你有空……能不能找時間再來看一次我呢？我很想念叔叔。」

「當然了，我會去的！我保證，我們一定會再次相見。」

阿拉克也忍不住流下了淚水，多年的思念、重逢的喜悅、安心感、幸福感、心有靈犀……這是非常濃烈的感動之淚。

「資助人喬許．岡德，一個因貧窮而置身痛苦中的年幼孩子，你陪伴了他人生旅程中四千一百二十七個日子。我們向你不求回報、偉大且不間斷的愛表達敬意，同時頒發此畢業證書。」

資助團體的代表將畢業證書遞給喬許，跟他握了手。

在喬許之後，觀眾席的所有資助人逐一走上舞台領取獎狀，資助團體還贈送學士帽給全體資助人當作禮物。

「來，要拍照了！一、二、三！」

攝影師朝著整齊列隊的畢業資助人大喊道。

數百頂學士帽朝天空飛起，這是世上最美麗的一場畢業典禮。

「為什麼談論勝利與成功時，一個人的品性與真心卻不包含在內？過程也應該要獲得認可啊。」

雖然深知競技運動的世界是無情的，應該只論結果，但像喬許這樣擁有溫暖心腸的人始終與成功沾不上邊，讓艾瑪忍不住對這世界生氣。

「你該不會又無謂地投射自己的情感了吧？」

結束吉他演奏回來的謝樂，把一塊已經冷掉變軟的馬鈴薯切片塞進嘴巴，在艾瑪身旁坐了下來。謝樂以彈奏吉他的天賦受到肯定，大學畢業後便收到知名音樂公司數次的積極挖角，但謝樂說，與其站在知名演奏家旁邊當小跟班，還不如在社區酒館盡情演奏自己喜愛的音樂，所以就在這裡工作了。

儘管謝樂向來對艾瑪說眼淚也不能變成錢，嘮叨她少哭點，但在流淌的世界實際到來之後，她就時時躲著艾瑪。她覺得自己的想法好像錯了，也感覺自己這輩子走錯了路，自尊心大損。但等到兩人再次見面時，艾瑪並沒有神氣地炫耀：「看吧，像我這樣活著並不算傻。」謝樂安然地與艾瑪延續友誼，同時，平常她對艾瑪說的那些嘮叨也跟著回來了。

「我很難過，就算不能得優勝，能獲得一勝也好啊。」

「隊徽啊，要印上像藍調城市隊的黑禿鷲、紅惡魔隊的獅子，或是白湖隊只存在於傳說中的不死鳥，才有可能談什麼一勝或優勝的。你看看黃鳥隊的隊徽，不是一隻纖細弱小的雲雀，很艱辛地振動翅膀嗎？努力飛、努力飛，所以選手們也都那副德性啊。你就別同情心氾濫了，還是喝酒解千愁吧！」

謝樂的話雖沒說錯，但艾瑪還是認為一邊說著「努力飛、努力飛」，一邊用雙手裝作翅膀拍動的舉止太過分了，咕嚕咕嚕地大口灌下啤酒。

稍後，下半場開打。藍調城市的選手彷彿身上安裝了三顆心臟似地，神情沒有一絲疲累，在球場上縱橫馳騁、穿梭自如，黃鳥的選手再次輸了四球。

「達倫，我說得沒錯吧？你還是趕快交出淚珠幣一百元吧！嘻嘻。」

「最後以八比〇，藍調城市大獲全勝結束了比賽。真是個充滿藍調城市粉絲激情吶喊聲的夜晚啊，謝謝大家的收看，實況轉播就到此結束。」

回到家的艾瑪脫下夾克往書桌上一扔，喃喃自語道：

「就算再差也不該是八比〇啊……」

嗒，有東西掉落了，發出了一記悶響，艾瑪掀開掉在地上的夾克，看到了在藍精靈商店買的精裝筆記本與鉛筆。艾瑪凍結在原地，彷彿有人在觀賞她出演的影片時按下了暫停鍵。她在過去幾週都對這些物品視而不見，目光一次也沒有掃過它們，好像一不小心瞄到就會發生壞事般地避諱。她沒有信心，對於認真找個座位坐下來，在筆記本上留下痕跡，閱讀它，還有直視日後會回顧的情緒，而其中最令人害怕的，莫過於承認長久以來不明白的，抑或是明白了卻始終否認的一切。

內心掙扎的艾瑪俯視筆記本，不由得猶豫起來，要不要翻開來看？這又算不了什麼……不過是筆記本跟鉛筆嘛，就只是筆記本跟鉛筆啊，根本什麼都不是。她一把抓起掉在地上的筆記本與鉛筆筒，往書桌上丟了過去，接著坐在椅子上稍微閉目，做好心理準備。

過了一會兒，她睜開眼睛，大大地做了兩次深呼吸後，小心翼翼地用兩根指尖夾起了筆記本的封面。「呼——什麼都不寫也沒關係，就只是翻開來看而已，就只是翻開看哦。」儘管艾瑪不斷用相同的話來安撫自己，指尖仍遲遲沒有翻開筆記本的打算。試了幾次之後手指還是一動也不動，她乾脆將筆記本和鉛筆筒推到了書桌的角落，接著彷彿跳水般縱身跳向床鋪，拿起了手機。

「啊，不管了！我要再來看足球了。」

時間不知不覺來到了凌晨五點，艾瑪痛苦地抓著自己的兩側眼皮。大概是因為熬夜看了整晚的足球比賽，眼睛都冒出血絲了。她陷入了苦惱。

「要睡個兩小時嗎？不，與其爬不起來，乾脆早點去上班比較好吧？」

她望著天花板苦惱了片刻，接著猛然爬起來伸了個懶腰。艾瑪打了個大哈欠，嘴巴彷彿要裂開似地，眼眶也隨即蓄滿了淚水。尼寶一心等著淚水滑落。就在她再次打了個大哈欠之後，蓄滿的淚水終於抵抗不了重力，咚地滴了下來。淚水還沒來得及伸手拭去，就被尼寶吸進去消失了。叮咚！艾瑪的手機響了起來，眼淚戶頭轉眼間就有淚珠幣一元進帳。

「果然如艾薩克所說，讓這種反射眼淚自動入帳是對的！處理速度竟然這麼迅速。每天入帳的基本眼淚是淚珠幣十元，薪水是淚珠幣一千元，看電視劇就算哭得稀里嘩啦也只有淚珠幣一百元……艾瑪．懷特！這個月拜——託省著點用吧！」

艾瑪握拳捶了一下自己的腦袋，接著拿起一條摺疊整齊的毛巾，走進了浴室。

💧 💧 💧

艾瑪像是要朝正前方擊出一顆全倒球，朝著淚水管理局的玻璃牆衝了過去。

「啊，好冰！太討厭了，每天早上都要來這麼一次。」

「早安。」

情境劇片場的組長馬克走了進來。他做了個厚重的雷鬼頭編髮造型，但辮子老是遮住視野，導致他忙著把一束束辮子往後撩。

「馬克！早安啊。」

艾瑪邊回答邊忙著抖落根本看不見的水滴。

「是沾上什麼了嗎？你怎麼拍個不停？」

「唉——我說這扇門啊，不對，是說這個連門也稱不上的出入口，為什麼每次進來時都會有全身淋浴的感覺啊？碰到身體的感覺也很差，有時水柱太強，我還要提心吊膽的，就怕尼寶會被沖落。」

「你到現在還不知道原因嗎？」

「原因是什麼？」

「在基督教，把從頭到腳泡在水裡、赦免罪過的過程稱為『受洗』，艾瑪你大概也聽說過。」

「是呀，我聽說過，可是這令人不快的上班之路跟受洗有什麼關係？」

「淚水管理局的外觀其實不是玻璃牆，而是由僅次於一等水的晶瑩眼淚所組成。淨化的眼淚從地下開始往建物最高處流動，所以人們並不是通過牆面，而是通過眼淚進入大樓內部。你說這裡是個什麼樣的地方？是全世界五萬種眼淚匯集之處對吧？那麼小賊們會不會想將這裡洗劫一空呢？嗯？」

艾瑪張開嘴巴正打算回答，但馬克連機會都不給她就接著說下去：

「但是，如果從頭到腳都泡進徹底淨化的眼淚，那些醜陋的欲望與黑暗的壞心眼就會『唰——』地沖刷掉了，就像受洗儀式一樣。」

「原來是有這層深意啊？我完全不知道。可是那些壞蛋的心腸會就此改變嗎？」

「當然囉，根據眼淚犯罪搜查科的說法，潛在的犯罪者在通過那出入口的瞬間，原本想做壞事的心就會轉眼間消失無蹤。你覺得渾身不對勁的那扇門，其實是過濾掉懷有腐敗黑心之人的自私想法，現存最頂尖技術的出入口。嗯——誰能說不是呢？」

「難怪……本來因為卡費遲交，我還想說是不是該徹夜削洋蔥來哭一哭，但只要來上班，我的壞念頭就消失了，原來是因為這樣啊。」

「你也是？我也是這樣耶！」

兩人同時爆笑出聲。

「可是，你為什麼這麼早來？」

馬克邊看手錶邊問。

「因為我熬夜在看東西。組長呢？」

「那個……因為有祕密團體客。」

「祕密團體客？」

「對方說絕對不能外流，要求在這時間幫忙處理。」

「是誰啊？難道是藝人嗎？」

「我跟你說……」

馬克打出手勢要艾瑪把耳朵靠過來，就在艾瑪把耳朵整個貼向他的瞬間，他看到映照在大樓玻璃牆的一群人影，大吃一驚。

「哎呀，看來我得先走一步啦，我要準備的東西可多著呢！」

馬克攔下最近的水球手推車，往二號蒸氣隧道去了。他不知有多著急，在他刺破孩子喜歡的角色水球後，暴龍頓時裹住了他的身體。艾瑪看著他墊高腳尖、慌慌張張跑走的背影，不由得輕哼一聲笑了出來。

「啊！好冰。」

「怎麼會有這種門啊？」

隨著映照在玻璃牆的那些影子越來越深，不滿的嗓音也跟著此起彼落。有二十名高個子、肩膀與頭部有氣無力地下垂、眼眸猶如腐敗死魚般毫無焦點且混濁的男人，穿著相同的服裝通過了玻璃牆。艾瑪太過震驚，好不容易才忍住驚叫出聲。

這群男人身穿的黃色衣服上寫著：ＦＣ黃鳥。

他們正是超級聯賽萬年吊車尾，也是昨晚只能束手無策地以八比〇慘敗給藍調城市的那支隊伍。選手彷彿集體患上了無力症，邊用細針刺破水球邊說出「二號」、「二

號」、「二號」。

「為什麼大家都要去二號蒸氣隧道呢？啊！難道說祕密團體客是……」

此時，艾瑪的眼前有個堪比足球場十倍大的龐大空間，這裡面不知道有多寬敞，看起來完全無法估算它的大小。艾瑪按捺不住心中的好奇，跟著足球隊進來了。艾瑪想起新制受訓時蘇珊說的話：

「二號蒸氣隧道是情境劇片場。人類的情緒雖會隨著情境而有各式各樣的變化，但現代人卻必須過著壓抑情感、麻木不仁的生活，因此老早就遺忘了如何隨著情境適時流淚的方法。在片場內，可以像演員一樣嘗試在各種情境演出，學習完整察覺自身情感的方法。」

確實如蘇珊所說，此處猶如電影攝影棚，以布景完美呈現出住家、學校、公園、醫院、購物中心等能演出各種情境的場所，就算說是真的也會有人相信。片場不知道有多大，要找到馬克與選手耗了不少工夫。由於時間還早，職員都還沒上班，有幾個布景顯得格外幽暗。走錯路的艾瑪偏偏走進了廢屋布景，在看到「世界上最恐怖的假面大賽」中第二名的鬼面具之後，嚇得差點沒昏厥過去。

就在她好不容易安撫住自己怦怦直跳的胸口，又再走了好一段路後，總算發現了與實際足球場規模相同的布景。艾瑪藏身在柱子後面，只把頭露了出來，偷偷打探布景內。可是這是怎麼一回事呢？馬克與選手就像即將迎戰的士兵們對峙站立著，他們緊閉雙唇，雙手交叉抱胸，互瞪著彼此。究竟這是什麼情況，艾瑪完全摸不著頭腦。這時聽見了馬克的聲音：

「到底為什麼不接受訓練？」

「因為不希望情感變得豐富，我們需要的是以事實與數據為基礎的策略，以及有助於精神健康的理性。」

隊長喬許皺眉說。

「那就沒辦法了，選手說不想接受訓練，而我又非得讓各位接受訓練不可，那就簡單地來場足球比賽吧，若是各位獲勝了，從今以後再也不必來這裡。不過，萬一我們能夠踢進一球，各位就必須老實地每週接受一次訓練，怎麼樣？」

喬許噗哧一笑，將手擱在馬克的肩頭上說：

「是要打賭嗎？喂，馬克，我們就算是萬年吊車尾的隊伍，畢竟還是專業足球選手啊。再說了，要踢一場十一對一的足球比賽……你認真覺得自己有機會踢進一球嗎？」

馬克也輕柔地將手擱在喬許的肩頭上，說：

「怎麼會是十一對一呢？喬許，看來你沒聽清楚我說的話。我明明是說如果『我們』

能踢進一球啊。喂，艾瑪！艾瑪．懷特！」

馬克將目光移向對面柱子後方，大聲喊道。

現在艾瑪與馬克並肩站著，看著站在對面的選手們。雖然艾瑪硬是擠出微笑並舉手打了招呼，但選手都露出一臉「這又是什麼情況」的表情俯視艾瑪。

喬許將眼睛瞇成一條線，說：

「所以，馬克你口中的『我們』，你是代表『我』，而這位小姐是『們』囉？」

哈哈哈哈哈，選手們首次放聲大笑。

艾瑪覺得自己此時是因為偷看而受罰了，這是怎麼一回事？竟然要跟專業選手比賽足球，組長究竟是在想些什麼，怎麼會打這種賭？艾瑪推測馬克是自尊心太強，才會不自覺地打起賭來。驚慌失措的艾瑪偷偷觀察馬克的表情，可是他卻一臉自信滿滿，而且還意氣飛揚地雙手交叉抱胸呢。艾瑪戳了一下馬克的側腰，悄聲說：

「馬克……可是我為什麼要參賽？」

「誰叫你不經允許就擅自跑進來偷看非公開訓練呢？要我跟局長報告嗎？」

艾瑪瞪了一眼說：「真是小心眼，只要我參加就不會報告了吧？」

「我說到做到。」

「可是你有信心嗎？我是說，真的能踢進一球嗎？那些人可是專業的。」

「別擔心，包在我身上。」

馬克奸詐地眨了眨眼，艾瑪做出要嘔吐的樣子，別過了頭。

「馬克，你之後可別出爾反爾哦。要是我們獲勝，以後就絕對不來這裡了！」

喬許強調了好幾次「不能反悔哦」，馬克依然自信滿滿地喊ＯＫ。

「好，就以上半場十分鐘、下半場十分鐘來比吧。」

馬克也不知道哪來的自信，提出要以上半場四十五分鐘、下半場四十五分鐘的正式比賽時間來比，但喬許果斷地拒絕了。馬克彷彿大發慈悲般接受了他的提議。十一名專業選手與兩名素人的奇怪足球比賽就這樣展開了。

呼、呼，艾瑪的呼吸越來越急促。比賽一開始，選手就以絢麗的傳球實力將球傳來傳去，看起來是打算拖延時間，等到下半場結束前再迅速踢進一球。艾瑪汗流浹背地到處追球，但選手絕對不會讓球被搶走。艾瑪並不討厭選手，她更討厭的是馬克。說來也奇怪，馬克似乎對足球比賽絲毫不感興趣，他走向了眾所皆知有個選美大賽出身的妻子與三個兒子的前鋒亨利．詹姆士，擺出陰險的表情，同時不知道悄聲說了什麼，結果本來很認真傳球的亨利突然如雕像般定在原地。

不只這樣，馬克還接近以女團鐵粉而聞名的防守中場湯尼・葛利格，短暫對話的兩人露出意味深長的微笑，互相握了手，從這時開始，湯尼似乎也完全不把比賽放在眼裡了。他的雙臂在腰側交叉揮舞，擺動起身體。艾瑪雖然不知道那怪異的扭動代表什麼意思，但可以確定應該是他喜歡的女團舞蹈。就在馬克四處追逐其他選手並要詭計的期間，上半場的十分鐘結束了。選手們緩緩地走向板凳稍事休息，艾瑪與馬克也在對面的板凳上坐下。

「你怎麼不跑？究竟是在做什麼呀！」

「這就叫做高度戰略。」

「所謂的戰略是全體隊員都應該要知道的好嗎？也告訴我吧，你剛才對選手們說了什麼？」

東張西望的馬克不知發現了什麼，大喊道：

「塞爾凡！」

咚咚嗒！咚咚嗒！有個跟人一樣大的東西發出輕快的音樂聲緩緩靠近，是個機器人，上方的 LCD 畫面印了個笑臉，下方的身體掛了四格置物櫃。

「你好，我是點心機器人塞爾凡，抽屜內裝有淚水管理局推薦的點心，請在畫面上選擇你想要的品項。」

離子巧克力
碳酸餅乾
雪結晶麵包
南非國寶茶軟糖

馬克用短胖的指尖毫不猶豫地按下畫面，第一個抽屜應聲開啟，抽屜內堆滿了用閃亮亮錫箔紙包裝的巧克力。

馬克一邊咀嚼淘米水顏色的巧克力一邊說：

「運動時果然還是得來點身體容易吸收的離子飲料啊。」

馬克一轉移話題，艾瑪便大吼：

「馬克！」

「哎喲！我的耳膜要被震破啦。好啦，所以說呢……」

就在馬克正打算開口的瞬間，喬許大聲喊道：

「休息時間結束！下半場開始！」

「詳細的之後再跟你說。艾瑪，我要拜託你一件事。」

馬克壓低音量。

「是什麼？」

艾瑪也跟著壓低音量。

「你負責守門員喬許！」

「什麼？我要怎麼做？」

「他只是表面上冷若冰霜，人好可是出了名的。你隨便找個話題轉移他的視線，然後立刻把球踢進去。」

「唉——非得做到這一步嗎？」

「仔細聽我說，雖然選手們不願接受訓練，但在流淌的世界，少了與眼淚最密切的情感訓練要怎麼活下去？我們能夠幫助那些選手的方法，就是在這場打賭中獲勝，明白我的意思吧？」

馬克帶著飽含堅定真心的眼神說。艾瑪也用力點頭說自己明白了，兩人互相擊掌後再次上場。

「亨利！快攻啊！喂！湯尼！你幹麼不防守，還跳什麼舞！」

無論喬許怎麼威脅、訓斥，選手都只是心不在焉地聽著。就算喬許以守門員開球長傳，亨利卻平白無故地用膝蓋高舉球以拖延時間，然後便悄悄地讓球滾向馬克。湯尼光是下半場就已經摔跤十次了，不知是出於偶然還是演出來的，每當他摔跤時，球又會再次滾向馬克。馬克傳球給下半場始終站在球門前的艾瑪超過數十次，但喬許自然是擋下了艾瑪猶如病貓般的射門。

目前下半場只剩下三分鐘了。不只是亨利與湯尼，就連其他選手看起來也毫無取勝的念頭，大家都一副隔岸觀火的樣子，站在遠處不斷地讓球滾向馬克或艾瑪。在球場上，就只有馬克、艾瑪還有喬許，這三個人是認真的。

比賽結束兩分五十八秒前，馬克邊傳球邊大喊：

「艾瑪！最後一次了！」

比賽結束兩分五十六秒前，艾瑪接過球，站在了球門區前，喬許則壓低身姿、舉起雙手在球門內專注防守。艾瑪不曉得該如何刺激喬許，什麼點子也想不出來。艾瑪心想，該說因為我是女生，要他放水一下嗎？不，那種想法太落伍了。要不然，既然我在管理局工作，就使出公權力脅迫他？那樣也不太對……公務員竟然脅迫市民，是想被銬上手銬嗎？啊……該怎麼辦？哦，有了！

不知是否想到了好主意，艾瑪的臉上漾起了隱約的微笑。

「喬許！你會不會太過分啦？我身高只有一百六，也不是足球選手，是在上班時突然遭殃，現在身上甚至穿著套裝跟皮鞋。身高一百九的專業選手，腳上還穿著機能性足球鞋的你，把像我這種有身體缺陷、處於不利局勢的弱者當成對手，不會太過分了嗎！」

艾瑪的腳沒有離開球，讓球在腳下前後滾動。

「噢！艾瑪，請別這樣。這可是說好要打賭的比賽，宣稱自己是弱者、試圖誘發同情心的做法才叫做過分吧！」

喬許沒有將目光從球上頭移開，冷酷地說。艾瑪認為喬許沒有那麼好應付，於是使出了最後的必殺技。

「所以……你去看了阿拉克了嗎？」

喬許一聽到自己資助十二年的孩子名字後，彷彿觸電般，整個人驚慌得僵住了。

就是現在！比賽結束五秒前，艾瑪使出渾身解數射門。在草坪上低飛的球往球門角落飛去，球網劇烈地晃動著。進球了！進了！艾瑪與馬克高興地抱著彼此大聲歡呼，而喬許依然站在原地。

「局長也知道你這樣做嗎？」

伊登露出「真是無藥可救」的表情搖頭說。

「當然囉，局長說每週三上班前隨時都可以去參加非公開訓練呢。」

艾瑪拉長了臉，露出了模仿猴子的表情，就像在說「你能拿我怎麼辦？氣死你」。伊登露出了更嚴肅的表情，沒好氣地瞅著她。

這已經是第三個月艾瑪和馬克一起幫助FC黃鳥隊的訓練了。幫助選手們處於各式各樣的情境，讓他們模擬演戲、產生共鳴、醞釀情感的過程，與其說是工作，反而更像在玩遊戲。馬克與艾瑪彷彿化身成電視台的製作人與編劇，一有空就開會討論。

「哎喲，就算是選手也應該去郊遊過吧？最近連『郊遊』這種詞也不用嗎？」

「馬克，我要說幾次呀，選手真的就只知道運動，在其他領域就像一張空白圖畫紙，所以這禮拜就進行這個項目吧！好嗎？」

儘管兩人費盡心思，選手們的反應卻始終不冷不熱，特別是喬許說：「與其浪費時間在這種沒用的事情上，還不如出去多擋一顆球。」亨利則是要求讓他睡在有如皇室家族入住的高級飯店套房布景（實際上，也有幾次是由艾瑪叫醒正在熟睡的他）。直到幾週前，選手們才開始逐漸願意配合，以至於艾瑪與馬克震驚得忘了眨眼。受訓的選手之一，湯尼竟然親自跑來管理局說要參加會議，他甚至拿出了參考資料與製作得亂七八糟的簡報，提議來場觀摩之旅。

「因為我們雖然去過許多次移地訓練，卻沒有一起去旅行過，請看這邊……」

湯尼熱情洋溢地進行簡報，說得口沫橫飛，並帶著充滿期待的眼神等待馬克與艾瑪的回答。馬克在半空中捻了捻根本就不存在的落腮鬍，暫時沒有回應，這時艾瑪趕緊劫走回答權，像在傳球般直接丟球給湯尼：

「好，就去吧！」

幾天後，選手們在火車站前集合。

「搞什麼嘛，還以為真的要去什麼好地方咧。」

選手們的抱怨聲此起彼落，馬克則是不以為意地在布置成火車站的布景前發揮蹩腳演技。

「哇！搭乘一小時半的火車，終於抵達知名的渡假勝地卡蘭達站了呢，真開心啊！你們說是不是啊，我的朋友？哇、哈、哈！」

選手們以三七步站立、稍微歪頭，擺出了「你是在跟我開玩笑嗎？」的姿勢，艾瑪也不遑多讓，單側嘴角上揚拉到耳邊，開始極盡可能地嘲諷：

「我說過要真的去吧？在片場這是做什麼啦！」

「我們不能在外頭受訓，在外面活動會有發生意外的疑慮，因此雷蒙局長不肯放行，還有……」

馬克要艾瑪把耳朵靠過來。

「沒有預算。」

艾瑪別無他法，只能跟著馬克展現他稍早前的蹩腳演技。

「大家——我、我們要不要先吃飯呢？哈、哈、哈。」

真是糟透了，這不僅是蹩腳演技，幾乎連腳臭味都散發出來了。選手們嘻嘻哈哈地模仿艾瑪的樣子。

「大家——那就走吧！哈、哈、哈。」

選手們在文化遺址布景的各個角落四處參觀，彷彿成了戶外教學的高中生，拍起了團體照，在具有濃濃九〇年代氛圍的娛樂室布景玩射槍、抓娃娃、格鬥遊戲，徹底燃起了勝負慾。他們一會兒吵吵鬧鬧，一會兒又捧腹笑個不停，逐漸沉浸在情境劇中。這一刻，他們看起來不像是因比賽結果受到殘酷評價的足球選手，而像是平凡的十幾歲青少年，天真爛漫地笑鬧著、互相惡作劇。

艾瑪推薦隊伍中的大哥，同時有「罵人的鬥雞」稱號的傑克．柯曼玩跳舞機，要按照螢幕指示在前後左右方向的感應板上踩踏，結果他卻面有難色，說自己還是第一次玩這種低俗又沒教養的遊戲。但是玩了幾次之後，他卻掩飾不了臉上的笑意，抱怨說怎麼現在才告訴他有這麼新穎又時髦的遊戲。湯尼偷偷向艾瑪透露，說已經很久沒有看到傑克笑得那麼開心了。艾瑪的心情也跟著好了起來，因為開懷大笑的人不只有傑克，就連報馬仔湯尼、總是面無表情的喬許，還有成天皺著一張臉的亨利、老是像在瞪人的諾亞也都笑得很開心。

先前因為連續敗北而士氣低落，沒有機會表現正面情緒的選手們，現在正一點一點地表現出正向積極的情緒，這顯然是個好兆頭。選手們逐漸在改變。

到了晚餐時間，大家開起烤肉派對，不分你我地說要喝酒。就在湯尼打算將啤酒分給選手們的時候，馬克不知從哪裡飛衝出來阻止。

「這裡可是淚水管理局！是無庸置疑的政府機關！即便只是情境劇，也不能在這裡喝酒，就喝汽水吧！」

喬許自從打賭球賽之後就偷偷摸摸地在艾瑪周圍徘徊，因為他想問艾瑪是怎麼知道阿拉克的事。「現在她就坐在隔壁喝汽水，要問她嗎？還是不問？」喬許內心舉棋不定。

這時，艾瑪向坐在對面的湯尼發問：

「是真的嗎？」

「真的啊，他說我喜歡的女團經常來管理局，只要願意輸掉比賽就會幫我要簽名，這個謊話連篇的小子。」

在一旁聽著的亨利也用力擱下湯匙，附和道：

「什麼？他也這樣跟你說？他問我養育三個兒子辛不辛苦，慫恿說如果我願意的話，就要介紹頂尖育兒專家保羅．史密斯博士給我。馬克這小子現在在哪？」

剩下的選手們也忿忿不平地說自己被馬克給騙了。喜歡找人打架的傑克．柯曼一提議要去抓馬克，選手們便各自散開並搜查起片場，留在原地的就只有艾瑪與喬許。

「你有話要對我說嗎？」

艾瑪感覺到喬許持續投來目光，率先開了口。

「什麼？你怎麼知道？」

喬許嚇得連手上的汽水都灑了出來。

「你從之前就像有話要說似地，猛盯著我瞧啊。」

喬許尷尬地搔了搔後腦杓。

「你想說什麼？」

「你是怎麼知道阿拉克的？」

「我看了你的畢業典禮。」

「什麼畢業典禮？」

「資助人的畢業典禮。」

「啊……那個啊，我把電視台來拍攝的事情忘得一乾二淨了。先不說那個，艾瑪，你上次真的太奸詐了！」

「奸……奸詐？我怎麼了？」

艾瑪有些堂皇。

「你提起阿拉克的事，接著又趁我沒有防備時踢進了球啊！拜你所賜，我才會每週來這裡報到。」

「啊，那……那個抱歉啦，但當時我也是情非得已，是馬克脅迫我的。可是……你開始資助的契機是什麼呢？」

「我有個跟天使一樣的朋友，有一天他說要辦慈善義賣會，纏著我把不穿的球衣或足球鞋帶過去，我跟著去，後來就加入了資助行列。掛在牆上的數百名孩子之中，阿拉克是長得最調皮搗蛋的，我不由自主地被他吸引，就這樣開始囉。」

「不覺得有壓力嗎？一旦開始資助，就必須負責這個孩子到底，要是做不到的話該怎麼辦？你沒想過這件事嗎？」

「我當然也想過，但資助金一個月才淚珠幣五十元，等於我跟朋友吃一頓飯的錢。就這一點錢，讓我產生了『那孩子這下不會餓肚子了』的莫名自信感。」

「你用『才』這個字真讓人印象深刻呢。因為很多大人應該會說，每個月的資助金竟然要淚珠幣五十元那麼多嗎？如果有那筆錢，還不如幫幫不幸的他，別用在其他國家的孩子身上吧。」

「竟然會有人那樣說……從其他角度來看，他們真是可憐啊。」

艾瑪莫名感到舒暢，感覺喬許代替她說出了想說的話。

「你老實說，你曾經為資助金感到可惜過嗎？就算是很小的金額，畢竟還是你努力賺來的錢吧？」

「這個嘛，因為我一次也沒有把資助金想成是我的錢。」

「咦？這是什麼意思？」

「我認為是某位神明太過呵護阿拉克，所以才運用我，就像神給予我賺錢的機會，把阿拉克的那一份也交付給我，同時說著『這是我透過你傳達給阿拉克的愛』。因此我不認為那是我的錢，也不覺得可惜。哎呀，這想法太過荒唐，你很難理解吧？」

「不，我覺得帥氣極了，也很感人。所以你遵守了與阿拉克的約定了嗎？你承諾再去見他的那個約定。」

喬許從皮夾取出一張照片給艾瑪看。照片中，跟喬許個子一樣高的阿拉克穿著黃鳥的球衣，與喬許背對背，笑得非常燦爛。承諾要再去見他的約定，喬許守住了。

艾瑪看著兩人的微笑，感覺眼淚又要不由自主掉下來了，她感覺到照片中喬許的臉看起來格外幸福。

艾瑪突然想起了上一場比賽。

「那個，喬許，我有件事情想問……」

「是什麼？」

「以八比〇慘敗給FC藍調城市……啊，不是，我是說那場以些微差距落敗的比賽，我把影片看了又看，還是搞不太懂。那天賽場上的選手個個意志力消沉，沒有人鼓舞大家的士氣，整場比賽下來也完全沒人提出策略或出來排解問題。甚至讓人覺得大家是已經厭倦了足球嗎？還是覺得反正不管做什麼，領到的錢都一樣，所以打算要引退呢？可是實際見到的選手們卻真心熱愛足球，看起來完全沒有要放棄當足球選手的想法，所以我真的無法理解那天為何敗北……還有你們是萬年吊車尾的事。」

「你說的沒錯，從我們的前輩、前輩的前輩開始，我們隊伍就一直是吊車尾。年輕時的我們自信滿滿地相信，我們能將這支隊伍從危機中拯救出來，但有時候並不是竭盡全力去做就能成為頂尖。我們依然是吊車尾，而球隊老闆也已經表態不會再投資。」

「但就算球隊不給錢，現在還是能以眼淚獲得收入啊。」

艾瑪一派天真地說。

「像我們這樣的人與眼淚是八竿子打不著的。不，準確來說，是努力想遠離它。因為在唯有緊緊抓住理性的繩索，接受嚴峻訓練並贏得比賽的團隊之中，眼淚是不必要之惡。可是流淌的世界卻突然到來了。原本年薪已經協商失敗的選手們，生活變得更加艱難，因為他們完全無法靠眼淚來獲得收入。過度的壓力、不安和擔憂，徹底轉變成喪失意志，即便是最深愛的足球也不例外。」

「原來如此，真的很令人難過和遺憾啊，可是你呢？你也跟其他選手一樣，流不出淚來嗎？」

「其實我是個愛哭的人，你看到資助人畢業典禮了吧？」

「幸好至少你還有眼淚，這下生活不會陷入困頓了。」

「但我絕對不會哭，我會壓抑情感，把眼淚吞回去。」

「為什麼？」

「因為我是隊長，如果我落下男兒淚，隊伍的士氣就會大減。眼淚很容易把憂鬱的氣息傳染給他人。」

喬許的臉上寫滿了思緒。

艾瑪靜靜地注視喬許的臉一會兒，以小心翼翼的口吻說：

「眼淚具有將溫暖撫慰傳染給他人的正面力量，喬許。」

「不可能。」

喬許搖了搖頭。

「讓對方看到我的眼淚，是把我的情感坦率地表現出來。因為沒有隱藏與欺瞞，所以對方會對你產生信賴，也會獲得慰藉。因為對方會心想『啊，原來那人也有跟我一樣的情緒啊，不是只有我這樣』，然後產生惺惺相惜的感受。雷蒙局長就說過，眼淚是毫不保留展現自己的純粹，如實表現出來的才是自己真正的樣子。若是你能展現真正的自己，周圍的人都會獲得力量的，包括你的隊員。」

艾瑪說完後，喬許呆望著地板的某個定點，似乎千頭萬緒。

「喬許？」

艾瑪輕聲呼喚，喬許再次抬起頭。

「我由衷地感謝你是讓阿拉克深感驕傲的資助人，是FC黃鳥可靠的隊長，最後感謝愛哭的你保留了完整的純粹，我只是希望你務必明白這點。」

艾瑪的眼神飽含真心。

喬許的眼中有某種閃閃發光的東西湧現。他仰頭靜候，直到那閃閃發光的東西消失為止。

「各位觀眾，大家好嗎？八月的最後一天，超級聯賽的新賽季開始了。企圖拿下七連勝的FC藍調城市將與FC黃鳥展開對決。菲利浦，你會如何預測今天的賽況呢？」

「黃鳥的對陣運勢每次都很不好呢。雖然要打敗強力優勝候選隊伍的可能性微乎其微，但所謂的運動，就是直到結束之前都不算結束，就拚一次吧！」

「直到結束之前都不算結束，我們期待菲利浦的加油助陣能傳達給選手們！」

主持人語畢的那一刻，轉播畫面拍了黃鳥的觀眾席。空蕩蕩的觀眾席上，勉強就只有來湊人頭的艾瑪、馬克，以及選手們的幾位家人；跟擠到水洩不通、座無虛席的藍調城市觀眾席形成鮮明對比。鏡頭依序拍到亨利的三個兒子與妻子，還有湯尼・葛利格的母親，緊接著拍到一名看起來是粉絲的男人。男人的臉上畫了滑稽的彩繪，頭戴著繩索般的手工編繞髮帶，敲擊著跟自己身軀一般大的巨鼓，扯破嗓門地大聲助陣。發現男粉絲的主持人接著說：

「那個人很有名吧？今天他也獨自一個人聲嘶力竭地在助陣耶。」

「聽說他是黃鳥最後的粉絲，一片丹心的，真了不起啊。」

這時，主裁判的口哨聲響起。

「比賽立即開始。」

「哇——真是出乎意料呢。黃鳥的防守力真是驚人，特別是身兼隊長和守門員的喬許．岡德選手，今天擔任神救援擋下射門的次數多到數不清。最後，上半場一球也沒讓藍調城市踢進。」

「就是說啊，看看此時的防守陣型，讓藍調城市的選手無處傳球。他們真的是跟上次比賽同樣的選手嗎？我不禁懷疑起自己的眼睛呢。」

「射門——啊，飛向空中了。再次射門——撞上球門柱彈出去了。好，頭球射門——守門員正面擋下了。」

「現在下半場只剩一分鐘了。目前比賽得分是〇比〇，黃鳥對決目標七連勝的藍調城市，打了漂亮的一仗，主裁判追加給了五分鐘。」

「好，從現在開始，在五分鐘內進球的隊伍就會獲勝，似乎必須善用反攻或角球的機會。」

「沒錯，可是目前黃鳥的一名選手暈倒在賽場上了，好像是在防守時與對方的前鋒嚴重相撞。看不太清楚臉孔，是哪位選手呢？」

「啊，確認之後是湯尼．葛利格選手。今天他跑超過了十五公里，在體力大量耗盡的狀態下與對手的前鋒劇烈相撞，以至於沒辦法輕易爬起來。」

「湯尼！」

湯尼的母親在觀眾席上大喊，忐忑不安的她也沒辦法好好坐著，已經站著直跺腳超過一小時了。

摔在地上後，痛苦萬分的湯尼仍張開眼睛搜尋觀眾席，因為那上面有比自己的傷勢更教人擔憂的人。他看到遠遠有個顯得坐立難安的模糊形體，那一定是媽媽吧？湯尼覺得比起身上的傷口，自己的心痛得更厲害。輸掉比賽回家後，媽媽因為看自己的臉色，連氣都不敢吭一聲，每天日復一日地把滿是汗漬的球衣放進大鍋裡煮沸，而我卻一次也沒在比賽中獲勝，是讓母親的心血付諸流水的沒出息兒子。湯尼想著這些，硬是擠出了所剩不多的力氣。

「幸好湯尼選手站起來了，意志力真是令人佩服啊。」

湯尼的母親將手帕貼在胸口，安心地吐了口氣，比賽即刻重新開始。

「這是黃鳥難得可踢出角球的大好機會。踢球者是中場ＡＪ，在追加時間大約過了一分鐘的狀態下，ＡＪ選手踢起了球。球踢得很低，遇見對手的後衛後，球往反方向帶。重新回到湯尼．葛利格身上，他將球控制在身體內側，然後直接射門——進球了！」

哇啊啊——觀眾席上參雜了吶喊聲與驚嘆聲。鏡頭沒有錯過機會，捕捉到藍調城市教練的驚慌表情。藍調城市的選手們站在原地，個個喪氣地垂下頭，至於黃鳥的選手們則是興高采烈地奔向進球的湯尼。原本瀰漫緊張感、氣氛凝結的黃鳥觀眾席上，猶如暫停後重新播放的影片般再次充滿活力。

「我是怎麼說的？我不是說，足球真的是無法預測結果的運動嘛！」

解說員菲利浦神氣地說。

「好，不過比賽還剩下三分多鐘，藍調城市有充分時間反攻。」

「包括守門員在內，藍調城市全部來到最前方進攻，這表示他們打算在三分鐘內無條件挽回一球！」

「雖然藍調城市的守門員試著把球帶到罰球區，但被黃鳥的後衛傑克．柯曼搶走了。現在藍調城市的球門是無人防守的狀態。傑克．柯曼，直接傳了記長球給在球門附近的亨利．詹姆士。」

亨利奔向被迅速吸入球門的球，但是他很害怕，真的能踢進嗎？不是每次都失敗了嗎？名為過去的傢伙，今天也試圖扯住他的後腿，頑強的往日記憶不肯輕易放過他。亨利放慢速度，想要放棄踢球，因為要是跑過去卻沒能成功射門，一切指責的箭靶就會回到自己身上。這時，他聽見了夥伴們呼喚自己的聲音。

「亨利！」

與夥伴們每日一同歡笑奮鬥、感激又愧疚的情誼如海水般襲來，隨著汗水浸溼了全身。他感覺到如髒亂陳年貼紙般貼在身上的恐懼，被水沖刷、掉落在地上，等到回過神來，失去方向的球正朝著賽場外滾去。亨利開始死命奔跑，心想著：「我必須抓住球，一定要。」眼見球已經要滾出界線外了，嗒！亨利的腳觸碰到球邊，接著他沒有一絲猶豫，將球用力踢進對角線的另一頭。

「進球！再度進球了！怎麼會爆出冷門呢！這是奇蹟！是奇蹟。」

「最終得分是二比〇，由黃鳥初次獲勝！」

嗶、嗶、嗶——聽見主裁判宣布比賽結束的吹哨聲，黃鳥的選手們紛紛跌坐在地，大口大口直喘氣。雖然急促的呼吸慢慢平復下來，卻難以抑制內心深處湧現的熱流，眼前模糊一片，眼皮也變得滾燙，選手們的眼中不斷有斗大的淚珠嘩啦落下。

喬許屈膝跪坐在原地邊禱告邊哭，亨利本來想忍住淚水直到最後，但看到在觀眾席嗚咽的妻子與三個孩子之後，情緒終於潰堤。湯尼的母親也用手帕摀住嘴巴低泣，兒子的傷勢是否沒事呢？無論醒著或睡著都一心擔憂兒子的她，眼角的皺紋上布滿了淚珠。湯尼一個箭步朝著母親所在的方向奔去，滿面笑容地揮了揮手。

諾亞．史密斯則是往觀眾席的方向跑去，FC黃鳥唯一的男粉絲用拿著鼓槌的手臂覆住雙眼，放聲大哭起來，諾亞傾身彎成九十度，朝粉絲行了個禮，等到他抬起頭時，盈眶的淚水也滴滴答答地落下，彷彿是對十年來堅持不放棄這支吊車尾隊伍、替他們加油的粉絲，所欠下無法償還的心靈之債。粉絲也鞠躬行禮，兩個男人互看彼此，在各自的位置上痛哭。

至於艾瑪與馬克，就像是生怕別人不知道他們是淚水管理局的職員似地，拉開嗓門哭得比誰都大聲。

馬克與艾瑪都覺得對方是比自己更誇張的愛哭鬼。亨利的老么兒子咬著小雞造型的奶嘴，從上方俯視這兩人，在孩子的眼中，馬克與艾瑪兩人顯然都是無藥可救的愛哭鬼。

此時，伊登與雷蒙兩人正在管理局大樓的頂樓展開熱烈的討論。

「所以艾瑪最後去了那場比賽？真是管閒事管到天邊去了。」

伊登輪流看著堆積如山的文件與眼淚說。

「畢竟是同甘共苦的選手們的比賽嘛，是我讓她去的。萬一艾瑪在這裡，選手們的眼淚至少每個人要給出淚珠幣一億元了，那你可就頭疼了，你還不如暗自慶幸呢。」

雷蒙輕輕地拍了拍伊登。

「那倒也是。」

話雖這樣說，但伊登得反覆播放選手與觀眾的尼寶所拍下的影片，特別是踢進逆轉球的亨利．詹姆士，從頭頂錄下的場面不知道多麼栩栩如生，伊登的嘴角不由得抽搐。

「好，那就揭開喜悅之淚的慶典吧。」

雷蒙不停地按下猶如烈陽般的紅色按鈕。

腎上腺素爆發、感人肺腑的喜悅之淚
19-1663 聖誕紅

叮——叮——叮，選手們的個人置物櫃接連傳來震動聲。結束比賽後，最先回到更衣室的喬許取下手套，確認手機訊息。

〔淚水管理局〕眼淚處理結果通知

親愛的喬許．岡德，閣下的眼淚被評定為「感人肺腑的喜悅之淚」，已依以下資訊支付給你。你的純粹眼淚也為我們帶來了溫暖安慰，由衷感謝你。

■受理編號：4107546789
■支付金額：淚珠幣三萬元

5 情感投射電影院

十月十日，在地面上滿是菸蒂殘渣的利德浦街後巷，眾多來歷不明的商店林立。有個穿著高跟鞋的女人努力避免踩到菸蒂，走進了巷子。女人似乎對這裡熟門熟路，一下子就從入口走進了位於第三間的商店。商店內有個頭髮梳整得乾淨俐落的男人，坐在彷彿下一秒就會斷裂的木椅上。女人看著男人，惡狠狠地說：

「淚珠幣五千元，我沒時間，所以隨便拿走什麼都好。」

「要淚珠幣五千元這麼多？是要用在哪？」

年輕男人壓低嗓門問。

「嗯，你沒必要知道細節吧？」

「剛開始都還怕得不敢和我對上眼神，看來你很鍾愛那玩意嘛。」

男人邊說邊用眼神示意女人手上鑲有閃耀亮片的迷你手提包。

女人的臉瞬間漲紅，連忙用手臂護住手提包。

「少說廢話，快點開始吧，我沒時間。」

「你的記憶不是幾乎都拿來典當了嗎？應該沒別的了啊……」

「所以說，你就看還有沒有嘛。」

男人貌似無可奈何地掀起蓋著桌面上某樣東西的黑布，布底下是一個裝滿淡水的魚缸，其中有猶如水蛭般又長又肥的蟲子互相交纏著。男人取出一隻正在蠕動的蟲子，放在女人的頭上。長得像水蛭的蟲子不停伸縮如彈簧般的身軀，爬上了女人的後腦杓，接著牠又細又長的觸手張牙舞爪，往女人的腦袋刺了下去。女人發出了「呃」的一聲，產生了一種不寒而慄的驚恐感。儘管女人每次都說「要是我再來這裡，我就不是人」，但沒有別的地方比這裡更容易賺到錢，因此她早已徹底上癮了。

「估價差遠囉。」男人看著手機說。

「啊，靠，你重新看一次，怎麼可能連那種記憶都沒有？」

「你過去拿來典當的記憶少說也超過淚珠幣二十萬元，還會有剩的嗎？你還是趕快償還吧。」

「那不然要怎麼辦？明天香奈兒就要出新品了，我要從今晚開始排隊，才勉強有機會搶到貨耶，唉——」

「確實是有個方法，不過……」

「是什麼？」

女人的雙眼散發出光采。

「就是賣掉你身分的一部分。如果把你的身分賣給我，你就會從戶籍中被刪除，你的家人找不到你，你會失去關於家人的所有回憶，那樣也無妨嗎？」

「關於我自己呢？」

「什麼？」

「我是說，我會記得我的名字、年紀、社群帳號之類的嗎？只要告訴我這個就好。」

「那是可以保障的。總之我再問你一次，以後千萬別出爾反爾！家人──」

「好，我無所謂。」

女人一秒也沒猶豫就回答了。

「你說好？就算家人的名字、臉孔，甚至連這世界上有我的家人存在，全部都忘掉也沒關係？」

「無所謂。家人？我不需要那種東西。」

女人邊說邊把手提包抱得更緊。

「是嗎？」

男人的單側嘴角歪斜地往上揚起，他將蟲子往她的後腦杓深處按壓。

「啊！」她的慘叫聲傳了開來。

同一時間，有個中年男子板著臉，一邊東張西望一邊走進了巷口。幾個長得猙獰凶惡的男人紛紛開始招攬客人。

「我會給你一個好價格，貨比三家不吃虧的。」

第一間商店的男人說。

「你問到多少啦？我可以給你七折！」

第二間商店的男人甚至亮出了價目表，打算開始喊價。男人的腳步停在了第三間商店前。他沉思了一會，接著直接朝外面轉過身，但後來又再次轉回商店。

「呃啊！」

男人撞上了從商店走出來的年輕女子。

「對不起。」

男人抬頭道歉時，女人已經走遠了。女人的雙臂無力下垂，以緩慢的步伐走出了巷子。雖然只有看到背影，但她看起來就像失了魂。

「背影莫名熟悉呢。」

中年男子望著走遠的年輕女人，內心突然湧上了恐懼感，生怕自己要是走進這裡就會變得跟那女人一樣。

「怎麼想還是覺得這樣不對，都怪我想些有的沒的。」

就在他打算掉頭的剎那，一個年輕男人打開木板，從商店走了出來。

「先生，你不是來找我的嗎？請進吧。」

中年男子的雙手開始汗水涔涔。男人小心翼翼地跟著他走了進去。商店內很陰暗，陳年塵埃層層堆積，讓人不禁納悶這裡究竟是否打掃過。看到隨處可見的蜘蛛網與爬來爬去的蟑螂，男人嫌惡地皺起了臉。商店內的家具就只有一張桌子與幾張椅子罷了。

「請坐。」

年輕男子提出邀請，他的部下隨即拉出椅子，推向了中年男子那側。中年男子抱持警戒心看著放在桌面上的黑布，小心翼翼地入座。

「先生看起來十分體面，你蒞臨此處是有何貴事嗎？」

「聽……聽說這裡可以借錢……我太太病得很重。」

「看來先生你沒什麼眼淚啊。通常家人生病的話，眼淚就會自然而然地流出來，那就應該不必擔憂醫療費才是啊。尤其悲傷之淚的估價就更高了吧？」

「那個……情感與眼淚不成正比，我怎麼也哭不出來。在我以前生活的地方，男生從小就是聽著『男人一生中只該哭三次：出生時一次，父母過世時一次，最後是國家滅亡時一次』的說法長大。如果在看電影時哭了、心有委屈時哭泣，甚至是感動落淚，都會被指責男子漢哭什麼哭？那時就得趕緊收起眼淚，轉過身用手抹去臉上的淚痕，把淚水壓抑下來才行。我就是這麼活過來的，久而久之，就算家人生病了也哭不出來了。大概是徹底忘記了哭泣的方法吧。」

靜靜聽著的年輕男子將歪向一邊的手錶轉回原位，說：

「你需要多少？」

「我需要淚珠幣十萬元左右……有可能嗎？」

「可以先評估一下先生你的記憶嗎？因為每個人擁有的記憶量與濃度都不同。啊，當然了，如果你不介意的話。」

「那……那就這麼辦，可是……要如何評估呢？」

中年男人邊說邊東張西望。

年輕男子從淡水中抓起了一隻不停蠕動的蟲子。

「請你別驚慌，這不是真的水蛭，而是像尼寶一樣的機器人，它稱為『古寶』，可以告知典當記憶的價格。」

年輕男子用眼神示意，其中一名部下便將滑溜溜的古寶放在中年男子頭頂上。令人起雞皮疙瘩的觸感，讓中年男子忍不住縮起肩膀，痛苦地用雙臂抱住自己。

「啊呃……呃……這真是糟透了。」

「來，現在要開始評估了。進行的期間請先別說話，試著回想人生中最幸福喜悅的記憶。」

因為古寶在自己的頭頂附近爬來爬去，中年男子覺得髮根都一根根豎起來了，但他還是閉上眼睛，竭力回想最幸福的記憶。這次古寶也擺動觸手，準確地刺進男人的後腦杓。

「看來你擁有許多幸福記憶，估價相當高呢，但是如果想要達到淚珠幣十萬元，就得連同先生你的身分全部賣掉才行，這意味著你將會變成名字、年紀、家庭關係都不復存在的人。」

「我的記憶與身分……你打算拿去用在哪裡？」

「幸福的記憶可以連結假尼寶，以眼淚換取收益，至於身份會拿去拍賣，等於其他人會代替先生你活在世上。」

「太……太不像話了。哪有這種道理？就當我沒說過吧，我沒辦法失去幸福的記憶與身分活著，少了那些東西，金錢也就失去意義了……」

中年男子猛然站起身說。

「這筆錢拿去支付醫療費都綽綽有餘，請再考慮一下吧。」

「嗯哼，我就說不必了。」

中年男子轉身走向店門口。

年輕男子重重地嘆了口氣，接著很快地向部下們使眼色，擋住他的去路。

「這……這是在幹什麼？」

中年男子太過震驚，瞪大的雙眼就連眼白都清晰可見。

「你以為我是吃飽太閒才聽你說故事嗎？既然做了一筆吃虧生意，就不能輕易讓你走囉。」

空氣中流過短暫的靜默，中年男子嚥了嚥口水。年輕男子將梳整完美的頭髮往上拂，說了句：

「抓住他。」

一名塊頭最大的部下剛抓住中年男子的手臂，男子隨即拚命想掙脫，其他部下也全貼了上來，強迫他再度坐下。中年男子仰起頭，身體不斷晃動，掙扎得更加劇烈。

「別亂動！」

抓住男子喉頭附近的部下厲聲喝斥。

「啊！」

中年男子依然不肯乖乖聽話，部下開始按捺不住怒火。

「這老頭子的力氣可真大，拜託給我抬起頭來！」

部下抓住男人的後腦杓，讓他好好地抬起頭，接著用力推了一把。咻——貼在男子頭上的古寶貫通頭頂，深入大腦中央。

「啊！呃啊！」

男人痛苦地慘叫，很快就昏厥了過去。

古寶把男人的記憶與身分全部吸走，所花的時間連一分鐘都不到。

年輕男子對部下大喊：

「喂，臭小子！怎麼可以刺那裡！」

「對不起，因為那老頭子不停掙扎，才會……該怎麼辦呢？」

「還能怎麼辦！還不立刻抓出去扔了！要是被管理局那幫人逮到就吃不完兜著走了。給我處理乾淨，聽懂沒？」

部下們迴避男人的目光，怯生生地把昏倒的男子拖了出去。

滴——螢幕畫面關閉了。

「這是幾個月前，在利德浦黑市所發生的事。」

雷蒙邊說邊按下遙控器電源。

「局長，那男人怎麼了？」

艾瑪蹙緊眉頭，一臉嚴肅地問。

「幸好被警方發現，撿回了一命。」

「這些壞蛋……」

艾瑪作勢要將手中的筆折成兩段。

「可是為什麼要裁掉影片的上半部？看不到加害者與被害者的臉。」

伊登檢查影片各個角落。

「大概是古寶刺下的位置剛好與尼寶重疊吧，這也是好不容易才復原的。來，我打算把這支影片送去當作情感投射電影院的教育資料，兩位怎麼看？」

「教育資料？」

「對了，艾瑪還沒去過嗎？位於三號蒸氣隧道的情感投射電影院，是透過觀賞教育資料，專注於主角的故事並訓練情感共鳴能力的地方。現代人通常會覺得別人的痛苦與自己無關，所以也不會想聽可憐或心痛的故事。在流淌的世界，唯有飽含真心的共鳴與眼淚才是最珍貴的資產，因此會透過訓練來激發人們的情感並引起共鳴。」

「這樣的訓練很棒呢，但我反對把這支影片當成教育資料使用。」

艾瑪果斷地說。

「真意外呢，還以為你會說應該把那些壞蛋昭告全天下呢。」

正打算喝梅子咖啡的伊登端著杯子挖苦道。

艾瑪原本想反擊：「你為什麼只要看到我，就好像恨不得把我抓去吃掉呢？」但看到雷蒙的臉便忍了下來。

「這種事當然是要讓越多人知道越好，展現出正義是存在的，但這等於是把不必知道的事告訴根本就不曉得黑市存在的大眾嘛，而且我也擔心一般人會因此知道可以用那種手法典當別人的身分與記憶。」

雷蒙點點頭說：「你的看法很有道理。」

艾瑪羞紅了臉，因為雷蒙看著艾瑪的眼眸露出溫柔的微笑。

伊登連連乾咳了好幾聲，將被分散的注意力轉回自己身上。

「嗯哼，這是怎麼回事，你竟然沒說那種被感性浸泡成酸黃瓜般的話，但很遺憾的是，我的想法和你恰恰相反。」

「理由是？」

雷蒙露出興致盎然的表情。

「雷蒙，大眾有知的權利。必須盡可能讓更多人知道在眼淚黑市有典當記憶、買賣身分的犯罪事實，唯有如此，才能防止二度受害或犯罪行為。要是一派天真、傻傻的什麼都不知道，即使碰上老套的手法也可能受騙。」

雷蒙再次點了一下頭。艾瑪轉了轉眼珠，觀察雷蒙的眼色，想知道他會做出什麼樣的決定。伊登則像是對他的決定沒有太大興趣似地，假裝在忙其他工作。雷蒙不斷用食指輕撫自己的下巴，似乎非常苦惱。

「好，那就這樣辦吧。」

雷蒙很費力地開口。

「這是首次在眼淚黑市發生的身分搶劫案，因此我認為大眾也有知道的權利。當然就像艾瑪說的，可能會成為大眾無須知道的過度資訊，但我認為這次就當成防患於未然。伊登，把影片委託書寄給『滋潤的想像製造所』，還有艾瑪，你能幫我把這支影片拿去三號蒸氣隧道嗎？我會先告知麗茲組長。」

艾瑪靜靜地點了兩下頭。雖然不怎麼滿意雷蒙的決定，但這次她仍試著相信他。伊登露出獲勝的優越表情，輕蔑地瞄了一眼艾瑪，之後暫時拿下了眼鏡。艾瑪本來想瞪討人厭的伊登，但在看到他的臉之後卻嚇了一大跳，因為拿下眼鏡後的伊登看起來十分迷人。艾瑪的視線固定在他的臉上，搭上了水滴電梯。

稍後，艾瑪站在寫有「三號蒸氣隧道」的門前。門牌上用雕刻刀刻出歪七扭八的字體，上頭這樣寫著：

此處是情感投射電影院。內部光線昏暗，請當心別踩到他人的腳。

艾瑪使勁拉住厚重的門把，光線與聲音便從遮光窗簾縫隙之間流洩出來。她走進去之後，關上門，避免外部光線跑進來，接著小心翼翼掀開遮光窗簾。電影院名副其實，內部就像是影城的放映廳，填滿單側牆面的超大型銀幕持續閃爍不停，電影院座椅與懶人沙發則是不規則地四處擺放。觀眾正以各種姿勢觀賞教育資料，有些人用單手托住後頸並側躺，有些人則是趴著，把臉擱在十指交叉的雙手上頭，也有人挺直腰桿，坐姿十分端正。

大型銀幕上播放著消防員在救人時不幸失去性命的故事。即便只是稍微一瞥，艾瑪仍深深地對消防員與他家人的情感產生共鳴，而忍不住哽咽。艾瑪為自己掉眼淚感到難為情，趕緊拭去淚水並查看周圍動靜，但誰也沒有在看她，反而艾瑪在看到這些人之後很是吃驚，因為不僅沒人在哭，甚至還有幾個人在打呵欠或打起盹來。

「確實如局長所說的，這年頭大家忙著自保求生存，對別人鉅細靡遺的故事不感興趣啊……」

艾瑪按照雷蒙的吩咐，走下了階梯。放在最底層的喇叭音量不知道有多大，感覺鼓膜都要被震破了。艾瑪趕緊敲了敲位於角落的小門。

叩叩。

「請進。」

一個微弱的聲音傳了出來。艾瑪開門走了進去，諮商室內相當靜謐溫馨，隔音也做得十分確實，完全聽不見電影的音效。材質猶如棕色貴賓狗毛髮般蓬鬆的地毯，給人溫暖的感受，淺象牙色沙發上擺了似乎是親手用毛線編織的抱枕。麗茲把散發動人光澤的金髮撩到耳後，正在整理教育資料。

「這個可以當成本週的教育資料，這個下週應該可以拿給來戶外教學的高中生看，還有……」

「麗茲組長？」

艾瑪一出聲呼喚，麗茲便抬起了頭。看到她的臉孔，立刻讓人聯想到芭比娃娃，艾瑪吃驚得張大了嘴巴。感受到艾瑪的視線，麗茲猶如小鹿般的漂亮眼眸流露出笑意。

「就叫我麗茲吧。你是艾瑪吧？久仰大名，請到這邊坐。」

「好的，謝謝你。我是拿教育資料過來的，伊登應該已經去委託滋潤的想像製作所上映了。這是局長要給你事前確認的。」

艾瑪邊說邊遞出裝有教育資料的箱子。

「謝謝你。頂樓的工作怎麼樣?到職已經有一段時間了吧?」

「工作很好,雖然我還很菜……」

為了把艾瑪遞過來的影片登錄到電腦,麗茲用指尖滾動滑鼠游標,艾瑪見狀,驀然想起收到管理局錄取訊息的那天。

「麗茲!我想問一件事。」

「是什麼呢?」

「是關於我沒有投履歷,卻錄取管理局工作的事,想請問是因為那張銀青色票券的關係嗎?」

艾瑪瞪圓了雙眼,猶如捏得令人食指大動的義式炸飯糰。有別於艾瑪激昂的語氣,麗茲的嗓音倒是十分沉穩溫柔:

「在全世界採用眼淚貨幣的六個月前,管理局將銀青色票券寄給了教授、醫生、律師、刑警、研究員等社會上德高望重的專業人士。你還記得票券上印的『Together』字樣嗎?」

「是的,我記得。」

「『Together』蘊含的意思是,要幫助那些因為先天障礙或後天服用藥物,以致於想哭卻哭不出來的人，以及基於社會、職業或環境因素，習慣性把淚水吞下去的人，有著與他們並肩前行的含意。可是，不是所有收到票券的人都接受了提議，因為每個人都有各自的隱情，他們可以將票券轉讓給其他人，推薦親朋好友中與『Together』的意涵最為契合的人。要是我沒有記錯，推薦你的人應該是凱倫教授。」

「是教授轉讓給我的？」

「沒錯，但不是收到轉讓的票券後，所有人都會被錄用為職員。雖然不知道是什麼原因，但從好幾名候選人之中馬上挑中你的人是雷蒙，也就是局長。」

「原來如此……」

艾瑪沒把雷蒙是錄取自己的人這句話聽進去，因為她滿腦子都在想凱倫教授。凱倫在那之後就沒再回到學校，儘管艾瑪打了無數次電話，也試著去找她，卻四處都找不到她的蹤跡。

「要是見到了教授，我有好多事情想問她，這段時間她究竟去了哪裡？為什麼偏偏把票券給我呢？」

艾瑪的腦海被接二連三冒出的想法占據。

麗茲輪流看著呆坐的艾瑪與手錶，心急地咬了咬指甲。

「艾瑪，我不想妨礙你思考，但現在播放的教育影片差不多要結束了，我必須出去一趟……」

艾瑪慌忙起身說：

「啊，對不起，我打擾太久了吧？我先走了。」

麗茲從插在牆面上的無數教育資料中抽出一份後，跟在艾瑪後面出來了。艾瑪向麗茲道別後，便朝通往出入口的階梯走去。就在艾瑪爬到大約一半時，銀幕上播放了新的影片，肯定是麗茲更換了教育資料。艾瑪稍微轉過身凝視銀幕。

影片中有個看上去四十歲後半的女人病懨懨地躺在病房中，女人的頭上有個橫穿頭蓋骨一半以上、形狀如問號般的明顯手術痕跡。護理師讓女人翻向另一面躺著，並在手臂與雙腿之間放入好幾層枕頭固定，避免她摔下來。因為患者若是長時間保持相同姿勢躺著，就會造成皮膚潰爛的褥瘡。護理師替女人調整姿勢後，為了讓她好好休息，拉上遮光窗簾後便出去了。女人指著窗簾，口齒不清地喊道：

「折起來！折起來！」

接下來的影片播放了護理師的訪談畫面。

「她是接受腦瘤手術的患者，但在手術過程中發生了腦中風，右臉、食道、手腳都呈現麻痺狀態，我們稱為輕偏癱。」

「她沒有家人嗎？」一名製作團隊的員工問。

「這事說來奇怪，她明明一開始是有的，家人也來過醫院，可是不知道從哪天開始就聯繫不上了。我們也曾接受管理局的協助，試著查詢家人的身分，可是他們卻不著痕跡地消失了，真的很奇怪吧？」

「患者一直說折起來……那是什麼意思呢？」

「癱瘓也會對言語造成影響，因此病人經常會說些讓人聽不懂的話。我剛開始也不知道是什麼意思，但多次聽下來就聽懂了。病人似乎是忘了怎麼說『拉開窗簾』。」

護理師趕快將遮光窗簾徹底拉開，直到病房變得明亮，女人才安靜下來。她一言不發地望著窗外，畫面鏡頭拉近後，清楚照出女人的臉。

艾瑪站在階梯上，以大拇指與食指掐住雙唇，無聲地哭泣著。她哭溼了整張臉，用微微顫抖的聲音低喃：

「凱……倫……教授？」

💧 💧 💧

艾瑪沿著勉強能讓一輛車通過的巷弄爬上山丘。山丘上有密密麻麻的樹木環繞，讓人難以相信是在市中心，而有棟建築物就隱身其中。寫有「湖丘醫院」的老舊木招牌隨風晃動，發出了喀啦喀啦的聲響。艾瑪經過能停放超過十輛小型車的狹小停車場，走進了米色油漆已多處斑駁的醫院。

「是三〇六號，病人需要靜養，因此探視請盡早結束。」

儘管護理師說明時的態度冰冷，但艾瑪絲毫不放在心上，她不斷以口水舔溼乾燥的嘴脣，加緊了腳步。差不多是在經過貼有二一四號木牌的病房時，她透過微微打開的門縫看見病房內的情景，有許多人圍繞著病床站立。就在她不以為意地打算邁開步伐時，清楚聽見了某個女人的聲音：

「二〇四〇年十一月二十四日，上午十一點三十六分，艾比蓋爾．米勒死亡。」

身穿白袍的女醫生瞄了一眼右手上的手錶說。醫生的話語剛落，那群貌似親友的人便開始放聲大哭。患者乍看之下是個年幼的孩子。就在家屬以拳頭捶牆或地面、哭得呼天搶地的時候，女醫生則彷彿不痛不癢，一臉冰冷地站著。艾瑪心想，畢竟是每天都會看到的景象，所以死亡對醫生來說已經變成無關緊要的事了嗎？也是，要是每次患者過世就跟著一起哭，要怎麼當醫生呢？可是……為什麼內心卻如此惆悵呢？

醫生用食指把不斷滑到鼻梁下的鏡框往上推，後來與站在病房外的艾瑪四目相交。艾瑪就像是偷竊時被逮到似地，嚇得肩膀大大往上聳了一下，接著便落荒而逃了。

艾瑪小心翼翼打開三〇六號的病房拉門，走了進去，一眼就看見六張病床。患者們都目不轉睛地盯著艾瑪，上下打量她。艾瑪竭力不去在意他們露骨的視線，鎮定地檢視每張病床。她的身體因為緊張而開始顫抖，確認五張病床後，艾瑪走向了位於窗邊的最後一張床。一名女人正怔怔地注視放在窗台上的花盆，花盆內有粉色花朵綻放，形狀如倒放的鐘。艾瑪的眼眶變得滾燙起來，她一個箭步跑過去，抱住穿著病人服的女人。

「教授……」

凱倫一臉病容，原本圓潤的雙頰已不復見，因為手術而削髮的左半邊頭部，新長出的頭髮猶如草坪般，看起來就像剛出生的雛鳥。她將視線固定在花朵上，喃喃自語：

「我女兒真、美。」

艾瑪將凱倫的身體轉過來，讓她看見自己的臉。

「教授，你認得我是誰嗎？」

艾瑪拭去猶如盛夏傾盆大雨般的淚水，如此詢問凱倫。

「我女兒真、美。」

凱倫似乎認不出艾瑪了。

就在此時，身穿潔白制服的看護走進了病房。女人看起來與凱倫教授的年紀相當，盤起的端莊髮髻之間露出的灰白髮絲，在明亮陽光的照耀下閃閃發光。凱倫看到看護拿來的盥洗用水後搖搖頭，耍賴喊道：

「不要！不要！水！水——！」

「每次想替她盥洗就會這樣呢。我是看護芮娜，負責照顧這間病房的患者。」

「我是艾瑪，是教授的學生。」

「艾瑪，很高興見到你。原來凱倫是教授啊，我都不曉得呢，飽讀詩書的人怎麼會這樣……」

芮娜含糊其辭。

凱倫依然注視著花朵，反覆說著相同的話：

「我女兒真、美，我女兒真、美。」

艾瑪一臉好奇地看著芮娜，於是她回答：

「她說是什麼花呢？好像是叫做風鈴草還是什麼的。因為醫生說要經常練習說話才能盡快康復，結果她就每天看著那花朵說女兒真美。」

凱倫的口水不停流下，但仍沒有停止說話。

「聽說聯繫不上家人，那醫療費是怎麼支付的呢？」

艾瑪一邊替凱倫擦拭嘴角一邊問。

「幸好社會福祉部出手幫忙。雖然不是全額，而是部分補助，所以的確有些未繳納的醫療費，但……要是連那補助金都沒有的話，恐怕就無法繼續待在醫院了。」

芮娜溫柔地替凱倫綁好頭髮後，將畫有野花的圍兜掛在她的脖子上。凱倫可能是覺得透不過氣，幾次都想拿掉圍兜，幸虧芮娜把圍兜綁緊了，所以圍兜依舊文風不動。

「你有見過凱倫的家人嗎？」

芮娜邊問邊從病床尾端拿出患者用的餐桌。

「沒有，我也沒有見過教授的家人——」

這時，艾瑪的腦海中浮現一張照片。

「家人的照片，對，那天我有看見照片。」

她去凱倫的辦公室那天，最顯眼的就是擺在書桌上的家人照片。艾瑪期盼自己能夠稍微想起那些家人的臉孔，把全副心思都集中在腦細胞上，卻什麼都想不起來，她覺得鬱悶極了。於是，艾瑪突然抓住凱倫問：

「教授！你女兒叫什麼名字？丈夫呢？拜託……好歹說個字吧，好嗎？」

艾瑪直視凱倫的鈷藍色眼眸。

「給我！給我！」

凱倫說，手裡不停擺弄紅色的圍兜。

「什麼？」

沿著凱倫的視線望去，芮娜正端著冒出裊裊熱氣的餐盤站著。

「因為午餐時間到了。」

「啊，請給我吧，我來餵。」

艾瑪接過餐盤，放在餐桌上。

微微炙烤的雞肉淋上酸酸甜甜的梅子醬，配上一片烤得暖呼呼的麵包，以及切放整齊的三片蘋果。艾瑪將食物切成一口的大小，放進凱倫的嘴裡，但凱倫吞不下去，猛咳個不停。

「食道依然有癱瘓症狀，所以得切得更小才行。」

芮娜一邊忙著讓其他患者用餐，一邊對艾瑪說。艾瑪將雞肉與麵包切成薄片，再次放進凱倫的嘴裡。凱倫的吞嚥情況要比先前順利多了，她在吃飯之餘仍不忘練習說話，但一用完餐就犯睏睡著了。

艾瑪替睡著的凱倫整理貼在臉頰上的髮絲，悄聲說：

「教授，請你加油，你一定會痊癒的，因此絕對不能放棄。我一定會替你找到家人，我跟你約定，所以在那之前請你……請你再稍等一下……」

艾瑪覺得眼淚又快掉下來，但她忍住了。她心想，至少這次要調節自己的情緒，好好保持理性才行。

6 鱷魚的眼淚

「派遣工作？」

「艾瑪你已經在這裡工作快一年了吧？依我看來，趁早學習B棟的業務比較好。簡單來說，就是去其他部門實習。想必你已經知道，淚水管理局是以大廳中央的噴水池為基準，分成A棟眼淚訓練中心及B棟特殊眼淚處理中心。既然你都拜訪過A棟的新制受訓中心、情境劇片場和情感投射電影院了，應該都很熟悉了，接下來一年，希望你能去學習特殊眼淚處理中心的工作。一年後重回頂樓時，將會獲益良多的。」

「啊……我還沒做好心理準備耶。」

艾瑪以螞蟻般細微的聲音吐露不滿。

雷蒙不知道是沒聽見還是裝作沒聽見，只見他看著樓層指示圖，自言自語道：「嗯……去哪裡好呢？」稍後，他用指尖敲了敲地圖下端，說：「晚挨打不如早挨打，就先去廢水處理場吧。」

「廢水處理場？局裡有那種地方啊？」

「不太顯眼吧？因為它藏在地下深處。」

雷蒙說這話時轉了轉食指。

「水滴會沿著電梯一直通往地窖樓層。」

「是哦……」

艾瑪的肩膀無力地下垂，她走向辦公桌整理自己的物品。

「艾瑪？」

雷蒙再次出聲喚她。

「什麼？」

艾瑪回頭。

「你有什麼煩惱嗎？」

艾瑪想起自己塞在家裡書桌角落的精裝筆記本和鉛筆，恨不得立即詢問雷蒙：「局長你曾經為自己而哭嗎？最後一次哭是什麼時候呢？」但她無法輕易開口。

「沒什麼。」

艾瑪迴避雷蒙猶如湛藍行星般的眼眸。

「是因為上次我提的問題嗎？」

「咦？」

「就是我問你最後一次為自己而哭是什麼時候，當時你好像回答不上來。現在怎麼樣呢？」

「啊……那個，我還不太清楚。看電影或電視劇時哭也包含在內嗎？從主角的樣子發現自己的身影，太過入戲就哭了，哭完之後，大概是因為壓力釋放了，心情也變好了，那就應該算是為了自己而流淚吧？」

「當然，那在某種程度上也可以看成是為自己流淚，但並不是百分之百。為了能夠更明確區分，不如寫一寫眼淚日記怎麼樣？」

「眼淚日記？」

「首先，你需要一本喜歡的筆記本和鉛筆，之前經過藍精靈商店時，我看到有不錯的商品呢。」

艾瑪不敢說自己其實已經走進藍精靈商店，買了筆記本和鉛筆。

「再來，把筆記本其中一頁折成一半，在左側寫上關於當天流下的眼淚。請記住，這時一定要把為了自己而流的眼淚及為他人流的眼淚分開來寫。」

「右側呢？」

「就在上頭誠實地寫下自己的情緒囉。像是今天一整天感到開心、悲傷、憂鬱、挫折，又或者感到幸福……這是全然專注在自己身上的時光。專注在自己的情緒久了，也就逐漸能區分為自己而流的眼淚及為他人流的眼淚之間的差異了。此外，透過記錄也能知道你擁有多少屬於自己的時光，還有花了多少時間安慰自己、為自己哭泣。」

「但要面對自己的情緒，這太陌生和令人恐懼了吧。留下記錄更是有壓力，讓人想要逃避。」

「沒錯，那確實是件難熬的事。你有沒有睡在帳篷過？我兒時讀過一本書，是把人比喻成帳篷，書上說住在設備一應俱全的一人用帳篷，會因為過於熟悉，因此想持續停留在原地，畢竟深知帳篷外頭太冷，還有風雨與暴風雪即將襲來。但為了成為三至四人用的帳篷，或者能容納三十人以上的超大型帳篷，即便明白在外面會遭遇各種危險，也必須欣然衝出自己的帳篷，那就叫做『勇氣』。艾瑪，我認為你是足以成為那種大型帳篷的人，因此務必拿出勇氣，從你一個人的帳篷大步走出來。試著愉快地迎接寒風，在戰勝痛苦的過程中往前走吧，眼淚日記將會成為你旅程的出發點。」

艾瑪緊咬著嘴脣，露出下定決心的表情抬頭望著雷蒙。他看起來不像是能容納三四人或三十人，而是能容納數千人的無際帳篷。

艾瑪一臉憂心忡忡地站在電梯的角落，想著：「派遣工作也太突然了吧，頂樓的業務我也才適應沒多久耶。人生果然是永無止境的適應啊，要適應誕生在世上，要適應學校，畢業後要適應社會，這樣還不夠，現在竟然還得到B棟去適應！」

她用拳頭「砰」地敲了一下電梯的牆面。匡啷！電梯停止，門開啟了。她連嘴巴內的口水都忘了吞下去。門緩緩地開啟，艾瑪把整個肩膀都縮了起來，凝視著門。

有個巨大的影子占滿了微微開啟的門縫，大喊道：

「嘩！」

「呃啊啊啊啊啊啊啊啊！」

艾瑪的雙腿頓時發軟，差點就摔在地上。

「哎喲！艾瑪，是我啦，布魯斯，本來是想惡作劇的，沒想到反而是我被嚇壞了。」

警衛布魯斯笑嘻嘻地站著，櫃檯明亮的燈光從徹底敞開的門後映入眼簾。

「怎……怎麼回事？我明明是按了地窖樓層。」

艾瑪再次確認電梯按鈕，領悟到了一件事：自己用拳頭撞擊的不是牆面，而是一樓按鈕。

用手擋住電梯門，不讓它關上的布魯斯，一臉好奇地問：

「地窖樓層？啊哈，我明白了，你要去廢水處理場啊，對吧？」

布魯斯捧著自己一顆圓滾滾的大肚子，咯咯笑著。

「對……我已經開始擔心了。」

艾瑪的臉顯得悶悶不樂。

「包含廢水處理場，B棟的部門都是不容小覷的地方，徹底做好覺悟比較好哦。」

布魯斯把右側眉毛挑高成一座山的模樣，一臉陰險地說。

「請別嚇我，我是真的很認真！」

「哈哈哈，開玩笑的啦。不必太擔心，因為那是我朋友『趙』工作的地方。你會學到很多的，雖然身上會有點味道就是了。對了！你一定要穿上入口的長靴、戴上防毒面罩，否則你成天都會這樣……」

布魯斯兩次作勢要嘔吐，接著手放開了擋住的電梯門。

「祝你好運啦，朋友！」

電梯門嘩啦關上了。

「呼——」

艾瑪大大地鬆了口氣，再度倚靠在電梯牆上。

叮！抵達地窖樓層的電梯門一打開，說是宇宙船內部也不為過的寬敞空間便在眼前鋪展開來。正如布魯斯說的，長靴與防毒面罩一絲不亂地成排掛在入口。艾瑪沒有半點猶豫，從其中抽出一雙長靴穿上。不知道是不是男女共用，對腳小的她來說，穿上寬鬆的長靴時還能晃來晃去。艾瑪也挑了一個看起來像是未來外星人的防毒面罩戴上，接著按下了門旁的淡藍色按鈕。圓柱門形成彷彿要把人吸進去的幾何形狀，敞開了。

「噁！」

一種不知道該怎麼形容的噁心惡臭，穿透厚重的防毒面罩竄了進來。

「太誇張了，這比高中化學課聞到的阿摩尼亞味還要難聞，咳咳咳咳。」艾瑪竭力咬牙忍住沒有吐出來。

這時，某處傳來一個男人渾厚沙啞的聲音：

「等我一下，淨化槽有東西卡住了。」

男人沒有戴防毒面罩，正用一根猶如晒衣桿之類的長棍攪動水槽。艾瑪猜測他的年紀與布魯斯相仿。

男人花了好一段時間翻攪水槽，後來大概是解決了問題，露出滿意的神情走下了階梯。艾瑪看著他在空中飄揚的鬍鬚，總覺得他很面熟。

「艾瑪？我聽局長說起你的事了。我叫做趙，大家都叫我趙大叔。」

「你好，趙大叔。」

「幸會。就算戴上防毒面罩，味道還是很濃烈，以第一次進來的人來說，你算是滿能撐的呢！」

「因為偶憋周不敢呼伊。」

艾瑪張大嘴巴，用憋氣的聲音回答。

「哈哈哈哈。」

趙大叔爽朗大笑。

這時，一堆黑色箱子從長長的排水管傾瀉而下，一看也知道腐敗多時，這堆箱子直接被吸入了淨化槽內。

「那些都是什麼呢？」

艾瑪瞪大眼睛說。

趙大叔露出難以回答的困窘表情，用穿著長靴的右腳在地上抹了幾下後，小心翼翼地開口：

「聽說是鱷魚的眼淚……」

「鱷魚的眼淚？那不是鱷魚為了輕易吞下身形龐大的獵物，所流下的假眼淚嗎？」

「你說的沒錯。有不少人誤以為鱷魚是覺得獵物太可憐了，所以才會哭泣，但那有可能嗎？剛開始大家都很樂於迎接流淌的世界到來，但要流下估價高的眼淚並維持生計終究沒想像中容易，所以可怕的噩夢就這麼開始了，人類毆打他人、囚禁他人、脅迫他人以奪取眼淚。你看見剛才沿著排水管流下來的臭餿味箱子了吧？」

艾瑪吃驚地摀住嘴巴。

「難道那全部……」

「我們稱之為鱷魚的眼淚，特別是犯下殺人這種難以言述的惡行所奪取的眼淚，惡臭更是難聞到令人完全無法忍受。就算連著好幾天打開抽風機，這股噁心的味道也不會消失。」

不知道是不是受到太大衝擊，艾瑪以手用力按壓額頭。

「大叔，很抱歉，但我的胃不停在翻攪，沒辦法再繼續看鱷魚的眼淚了……可以請你展示其他眼淚嗎？」

趙大叔領著艾瑪走向廢水處理場的內側。

「在頂樓決定顏色的眼淚會流到此處，裝進淨化槽內，你看那個。」

大叔用指尖所指之處，有超過數千種眼淚依照顏色匯集，正在進行淨化。艾瑪的視線移向了裝滿奶油玫瑰紅眼淚的淨化槽，隱約噴發霧氣的奶油玫瑰色，猶如澳洲粉紅色的希利爾湖。

「正常的眼淚會在這裡以攝氏一百度左右的溫度煮沸，那就會產生非常可觀的水蒸氣了。你知道那些水蒸氣都會通往哪裡嗎？」

「看來是蒸氣隧道囉？」

「答對了。」

艾瑪感覺原本沒拼湊起來的拼圖片一個個湊起來了。每一次見識到管理局的完美系統都會大開眼界，越了解它就越好奇。

「淨化完畢的眼淚會變成什麼樣呢？」

「被完美淨化的眼淚會固體化，以金塊的形狀送往國稅局，到了年初就會根據預算案分配到各機關。」

「那麼，那些鱷魚的眼淚呢？」

艾瑪指著漆黑如墨的淨化槽問。

「淨化後的鱷魚眼淚全部都會送往五號蒸氣隧道。」

「五號蒸氣隧道……那不是社會福祉部嗎？」

「沒錯，就是把造成他人痛苦所奪取的眼淚淨化過後，拿去幫助先天或後天流不出眼淚的人。不覺得很帥氣嗎？這個把惡淨化成善的系統。」

「真的很酷，可是大叔你是怎麼開始做這份工作的呢？」

臉上一直掛著微笑的趙大叔，此時表情卻突然烏雲密布，彷彿馬上就要有雷電劈下來似的。

「其實這份工作不是我自願的。幾個月前我去了黑市一趟，結果被掮客擺了一道。『趙』這個名字也是我自己取的，因為記不起原來的名字了。警察發現了暈倒的我，讓我在醫院接受治療，痊癒之後便建議我從事廢水處理場的工作。」

「黑市……啊！那支影片！那麼大叔就是……」

「是啊，那正是我。」

「怎麼會發生這種事？我真的很遺憾，大叔。」

「沒關係，雖然姓名、年紀、家人沒有一件事想得起來，但我不是僥倖撿回了一條命嗎？我對能活著心存感謝。」

「你不埋怨那些壞人嗎？」

「當然埋怨了，不，說不定用憎惡二字更為貼切。為什麼偏偏是我？為什麼我會碰上這種試煉？那天我本來不是想去那裡的……無論我怎麼想要正面看待，這些想法仍時不時會冒出來，可是能怎麼辦呢？哀傷的是，我把名為『過去』的朋友忘得一乾二淨了，就只能好好守護住剩下的『現在』與『未來』了。」

大叔的眼角變得溼潤起來。

艾瑪向趙大叔道別後，重新搭上電梯，內心被一種微妙的心情所籠罩。她想著，雷蒙早上才給我看影片，不過幾小時我就見到了趙大叔，這真的是偶然嗎？

「嘶——」她用嘴巴發出漏氣般的聲音，按下了一樓按鈕。

「八號蒸氣隧道。」

艾瑪戳破距離最近的水球，搭上了水滴手推車。她為了躲避噗里，搭上了袋鼠形狀的手推車，結果看起來就像被裝進口袋的袋鼠寶寶。有幾個人看著她不停偷笑，艾瑪覺得丟臉極了，於是把頭壓得低低的，低聲催促手推車：「拜託拜託走快點……快點……」水滴手推車將她輕輕放在寫有「眼淚犯罪搜查科」的門牌前便蒸發了。

艾瑪看到眼前的光景，吃驚得闔不上嘴巴。忙碌奔波的人們、簡直要震破耳膜的嘈雜電話鈴聲、四面八方堆積如山的文件，甚至是從全國各地飛來的無數眼淚包裹……簡直就是名副其實的戰場。特別是堆積如山的包裹上，有一堆蒼蠅發出嗡嗡聲飛來飛去，刺鼻的惡臭讓艾瑪不由自主地皺緊眉頭。某側有個身穿格子襯衫的男人，正胡亂地將包裹塞進微波爐大小般的洞口。艾瑪想那個洞口應該是與廢水處理場相連的。

「竟然要在這裡工作一年，我的天啊。」

艾瑪洩氣地垂下肩膀。

「喂！聽說布雷克鎮那邊又有了黑市！管制也太鬆懈了吧？」

肩膀配戴防護裝備、體格如冰上曲棍球選手般魁梧的男人邊搖頭邊大喊。要說他的聲音有多響亮呢，差不多是整個搜查科都能聽見的程度。

這時，穿著一雙黑色軍靴，搭配貼身皮革褲，身穿寬鬆灰色T恤的女人朝著艾瑪走來，她一頭及肩的灰褐色頭髮向外尖尖地岔開。

「我叫做潔西。」

她朝艾瑪伸出手，而握住她的手晃動的艾瑪也介紹起自己。

潔西看著嗓門大的男人說：

「馬克斯組長原本就是重案組刑警出身，所以性格有點火爆，你可別嚇壞了。」她輕輕拍了拍艾瑪的肩膀。

「打聲招呼吧，這是詹姆士，是科學搜查隊出身。」

有個男人扭扭捏捏地從潔西的後頭走出來。他穿著袖子短到誇張的白袍，手裡拿著像是急救箱的盒子，而他配戴的鏡片不知道有多厚，以致他的眼睛看起來幾乎只有豆子般大小。艾瑪露出開朗的笑容要跟他握手，沒想到詹姆士的耳朵瞬間都紅了。

「詹姆士很靦腆，說話也慢條斯理，實力卻是數一數二。」

穿著黑色騎士夾克的馬克斯轉眼間也走過來，笑著拍了一下詹姆士的背部。被他這麼強力一擊，詹姆士的眼鏡溜到了鼻尖，差點就掉到地上了。

「喂！怎麼傻楞楞地站著，趕快走啊！」

馬克斯看著艾瑪說。

「咦?我也是嗎?要上哪去?」

艾瑪抬頭望著個子要比自己高出許多的馬克斯。馬克斯揚起單側嘴角,以粗獷的嗓音說:

「去抓鱷魚。」

人跡罕至的深夜,在落雨溼涼的街道上,僅有幾台大貨車迅速駛過。在陰暗的地下倉庫內,有幾名男人確認了貨車逐漸遠去的聲音。

一名身穿領口與胸口繡有金鈕扣名牌西裝的年輕男子說:

「貨跑哪去了?」

兩名身上衣服滿是汙垢的男人,吃力地拖來一個巨大的箱子,「砰!」地一聲在穿著體面的男子面前丟下。

身穿西裝的男子右側,站著兩名看起來像是他部下、體格壯實的男人。他一使眼色,站在右側的部下便走向箱子並打開。

「靠，這味道，咳——呸！」

打開蓋子的瞬間，穿西裝的男子用雙手摀鼻，大發雷霆。

「這是毆打了超過一百人，以及去葬禮上威脅傷心哭泣的遺族所收來的。尼寶靈敏得很，扣除幾滴之外，幾乎都餿掉了。不過要是你仔細瞧瞧，會發現沒有餿掉的眼淚也不少，因此這個月就請你稍微高抬貴手，拜託你了。」

兩人趴在地上直發抖，部下們用尖尖的皮鞋分別狠踹兩名男子的頭。

「啊……啊……老闆，請饒命。」

「請你放我們一馬。」

兩名男子痛苦地抱頭，在骯髒的地面上打滾。

「少說廢話，這些話在上個月還有上上個月都說過了，現在我是忍無可忍了。今天就抽走你們這些傢伙的眼淚，代替那些餿掉的眼淚吧。你們在幹什麼？快動手！」

「咦？那是什麼意思……」

兩名男子邊說邊倒退。

「大哥，你非得做到這一步嗎？既然還有那時候從老頭子身上弄來的錢，就適可而止吧。」

高個子的部下說。

「那都是多久以前的事了。那件事害得我要避開管理局搜查科的條子，到處躲躲藏藏，你以為那些錢到現在還有剩嗎？」

年輕男子露出嚇人的臉孔訓斥部下。

「在這些傢伙流出可以換錢的眼淚之前，絕對不能放他們走！」

「遵命。」

部下開始殘暴地毆打趴在地上抖個不停的男人們。身穿名牌西裝的年輕男子不斷輕撫戴在手腕上的昂貴手錶，走進了無光的黑暗之中。

「那邊辦完了，接下來是這邊。」

男子才剛走了幾步，電線晃來晃去的感應器便亮起了燈光。燈光底下躺了個手腳被捆綁、嘴巴被膠帶貼住的女人。倒在一旁的她，右側臉的太陽穴上掛了個非常迷你的玻璃瓶，從充血發紅的眼睛中流出來的眼淚都流進了那裡面。

「能稱得上記憶的都拿來典當，賣掉身分之後又來借錢的我們這位小姐，該拿你怎麼辦才好呢？你最好祈禱現在流下的眼淚不會腐敗，否則我倆都會很為難的。」

「唔唔唔……」

女人似乎想說什麼，全身拚命扭動掙扎，但無從得知她在說什麼。

就在那一刻，一票武裝警察闖進了漆黑無光的倉庫。毆打兩名男人的部下試圖從後門逃跑，但他們無疑是甕中之鱉。警察在社長與部下們的手腕銬上手銬，至於原本被痛毆的兩名男人不知是否滿腹委屈，開始痛哭失聲；手腳被捆綁的女人也激烈地搖晃身體，告知自身的位置。

「馬上把受害者們送去醫院，然後把這些臭小子帶上車。」

馬克斯吩咐道。他的話音剛落，潔西就跑向手腳被捆綁的女人，替她鬆綁之後，用毯子包覆她的身體，帶著她出去了。馬克斯則是朝著出入口大喊：

「詹姆士！」

詹姆士手忙腳亂地進入倉庫，打開了臭氣沖天的眼淚盒，接著從長得像急救箱的皮包中取出手套戴上後，用滴管將腐敗的眼淚抽取出來。詹姆士將抽取的眼淚放入測量器搖晃幾次後，對馬克斯說：

「這些是包含施暴、綁票、典當情感、殺人未遂、誘拐、監禁未成年者的鱷魚眼淚，這罪名太多了，詳情必須帶回管理局進行調查。」

馬克斯對著扭動身子反抗到底的男人，告知他米蘭達警告：

「現在以施暴、綁票、典當情感等超過二十項罪名進行現場逮捕，你有聘請律師的權利，亦能行使緘默權——」

男人打斷馬克斯的話，開始搖頭怒吼：

「放開我！你們竟敢碰我的身體？我不會放過你們！給我放手！我叫你們放手！」

馬克斯的眼睛連眨都沒有眨，他扭轉男人的肩膀，對潔西說：

「相機還沒準備好嗎？趕快拍現場照！」

這時，拿著相機的艾瑪進來了。

「馬克斯組長！我把相機拿……拿進來了……」

艾瑪一見到被銬上手銬的男人臉孔，露出不可置信的表情搖頭。

「戴……戴蒙？」

「我就說不吃了！給我出去！」

戴蒙朝著裝滿可口番茄餅乾與香瓜瑪芬的籐籃揮拳，翻倒在地上的食物變成稀巴爛，壯烈犧牲了。無辜遭殃的職員嚇得立刻逃之夭夭。這種事不知道已經發生第幾次了，地面依然溼漉漉的。戴蒙似乎依舊氣憤難平，雙肩上下擺動，不停喘著粗氣。

好想死，再也不想活了，這該死的流淌的世界令人怨恨透頂。從全球飯店最高經營者變成令人作嘔的後街老鼠，還有被帶到這種破政府機關囚禁起來也令人羞恥萬分。為什麼偏偏是這裡？想到說不定會和那小子打上照面，就更加怒火中燒。戴蒙與他的弟弟斷絕往來已經是多年前的事了，那小子沒有半點身為財閥應有的野心與狠勁，始終不把下任經營者課程之類的玩意放在眼裡，還動不動就飛到地球另一頭的骯髒國家去當志工或舉辦救濟活動。

「大哥！聽說那個國家是全國民一天都花不到淚珠幣一元的貧窮國家！青年的失業率超過百分之九十五，加上土壤貧瘠，也難以進行農耕。大海上有許多海賊，所以也無法發展漁業。聽說當孩子餓得哇哇大哭時，媽媽能做的就只有用黏土捏成餅乾的形狀餵他們吃，不是餵食物，而是用泥土餵養的母愛……你能想像嗎？她們一定也知道那不是食物，但能給的就只有黏土，那種心境是什麼樣子呢？我真的好心痛。我們家能有這麼多財富，不都是因為世界上的人將大把鈔票給我們嗎？絕對不是因為我們多有出息啊，我們把錢捐給這些需要援助的人吧，那從一開始就不屬於我們。」

他經常沒頭沒腦地胡言亂語，甚至為此落淚。

慈善團體爭先恐後地纏著他不放，心裡盤算著：「現在正是大好機會，趕緊抓個有錢而愚蠢的冤大頭吧。」也拜這所賜，不時有要求捐款的訊息與電子郵件如炸彈般落下，有段時間甚至導致飯店整體業務陷入癱瘓。父親揮動高爾夫球桿，喝斥身為大哥的傢伙卻連弟弟都沒辦法管教好，戴蒙的額頭上也因此血流如注。最後，那傢伙一長大成人就和家裡斷絕關係。

幾年後，聽說那傢伙在淚水管理局任職。拋棄家人和公司，就算淪落去當乞丐也無法讓人消氣的傢伙，還能麻雀變鳳凰，在好端端的職場上工作，怎麼能不教人惱火？對於流淌的世界導致那傢伙和我的人生徹底翻轉，也讓人氣憤再三。戴蒙原本打算將握在手上的南非國寶茶果凍再次扔出去，但在看到開門進來的人之後停下了動作。

「是我，艾瑪。」

她露出了溫柔的微笑。

戴蒙的手咚地一聲垂落，果凍在地面上摔得四分五裂。

艾瑪盡可能避免踩到變成一片汪洋的地面，坐到椅子上。

戴蒙徹底別過頭，任誰看都知道他沒有想對話的意願，但艾瑪仍不以為意地向他搭話。

「聽說你已經三天不吃不喝了。」

「……」

「要是你不願意，我不會硬逼你吃東西，但請務必至少喝個水，要不然會弄壞身子的。」

雖然能從艾瑪的嗓音中感覺到發自真心的強大力量，但戴蒙依然冷若冰霜。

「既然你我相識，今天我就放過你的多管閒事。你最好在看到更嚇人的景象前出去，因為到頭來，我只會把你跟在這裡工作的傢伙視為同一夥人。」

戴蒙瞪著艾瑪的員工證說。

「我並不是以管理局員工的身分來的。準確來說，我是來見一年前的今天，在這個地方一起受訓的朋友。」

「誰是你朋友啊？」

戴蒙露出不贊同的嘴臉，但並沒有再咄咄逼人。

「告訴我，你在這段時間究竟發生了什麼事？」

戴蒙猶豫著該如何回答，同時用腳尖不停戳無辜的地板。

「還不都要怪這該死的眼淚。我在受訓回去之後，也想盡各種辦法要流出眼淚，因為要營運公司就需要龐大的資金。我努力過了，但眼淚還是沒有流出來，偶然流出的眼淚也只值幾分錢。過沒多久飯店宣告破產，最後只能被法拍，賤價賣給因為眼淚而變成暴發戶的偏僻鄉下旅館老闆。誰想得到，我們世界頂尖的飯店會被那種鄉巴佬收購？這在流淌的世界之前根本就想像不到。我在一夕之間變成被掃地出門的窮光蛋，打從出生至今第一次露宿街頭，你知道那有多令人羞愧嗎？我還知道了，人就算餓了超過一禮拜也死不了。我就這樣戰戰兢兢地流離失所，最後來到了利德浦的後巷。在那裡賺到的收入還挺可觀的，雖然不比從前，但再也不用活得像個乞丐了，直到後來運氣很背，動到了一個老頭子，導致我最近都只能躲躲藏藏地生活。」

「動到一個老頭子……？」

「別用那種眼神看我！不是我幹的。對，那是意外！是意外！是我底下的傢伙失手刺了古寶，導致那老頭子失去了所有的記憶。」

瞬間，艾瑪的腦海中有什麼閃現。

那個人是廢水處理場的趙大叔。

「唉——」

艾瑪發出嘆息聲，感覺比岩漿更滾燙的憤怒正在沸騰。

「為什麼那麼做？為什麼！」

艾瑪用冷冰冰的口吻質問。

「別用那種眼神看我！我就說不是我幹的了，除了我之外還有別人。要說那人是誰的話……靠，總之，不是我的錯！我沒做錯任何事，是這個世界錯了！從一開始就是這樣，沒有一件事稱心如意，都是這可恨的世界害我變成這樣！」

「別責怪世界。我看了尼寶拍下的影片，是啊，當然不是你親自動手的，可是你也丟下受害者不管。你不覺得抱歉嗎？連一絲一毫的罪惡感都沒有嗎？」

「那我也懂……但也別無他法啊。」

「唉，即便只是微薄的金額，人們也會以正直且正確的方法賺錢，你別這麼卑鄙地用『別無他法』當作藉口！噗里！進來！」

審訊室的門敞開，噗里進來了。

「無論基於什麼樣的理由，都無法將你的所作所為合理化。既然犯了罪，就請接受法律的制裁吧。你必須先帶著真心向受害者道歉，你知道受害者現在過著什麼樣的生活嗎？他不知道自己的姓名，不知道自己的家人，每日每夜血液都在痛苦中乾涸。我不會任由你如此舒服自在地渴死。噗里，水！有的全拿來！」

為什麼世界就只對我如此不公平？究竟是哪裡出了差錯？面紅耳赤的戴蒙注視著成堆的水膠囊，陷入了沉思。

多片落地窗清晰映照出另一頭令人目眩神馳的都市夜景，天花板上掛著彷彿伸手觸摸就能聽見天使和聲的細長吊燈，顯得貴氣十足。在那下方，觸感柔滑的天鵝絨沙發上，有個頭髮梳整得一絲不苟的男人，單手拿著高爾夫球桿，用讓人背脊發涼的口吻冷酷地說：

「第二名？你把這種破數字叫做成績，還跟弟弟兩人嘻嘻哈哈的？」

身穿高中校服的男學生裹住自己被打得到處是瘀青、血跡斑斑的身子，癱倒在幾何條紋地毯上啜泣。在大理石柱子後方，有個看起來要比少年年幼許多的孩子屏息站立著。躺在地上的少年眼中撲簌簌流下淚水，孩子則凝視著少年的眼睛。

「還不給我立刻止住眼淚！天底下到處都是對我們飯店虎視眈眈的傢伙，要是你讓別人看到淚水，就等於被抓到一大弱點。『沒血沒淚的傢伙』對企業家來說是最棒的稱讚，懂了嗎？要成為繼承人的小子卻懦弱成這樣，嘖。」

「爸爸，我並不想成為世界頂尖飯店的繼承人，我就只想當我自己。戴蒙．派爾頓，就只是我。」

說完話後，少年心懷恐懼地咕嚕嚥下口水。

男人將沾有血跡的高爾夫球桿扔在地上，脫下了眼鏡，接著用冷淡的眼神俯視鏡框邊角，說了：

「唉，我看你是誤解什麼了吧，這裡根本就沒有所謂的你自己，就只有派爾頓家的繼承人。」

戴蒙明亮閃爍的黑色眼眸彷彿失去了光芒，蒙上了一層陰影。

7 召喚茶

星期一早晨，艾瑪打開六號蒸氣隧道的門進去。隧道內猶如中世紀城堡裡會出現的會客室，有助於安定身心的依蘭花香飄來，搔得艾瑪的鼻腔癢癢的，神祕的紫羅蘭色燈光則讓她的心沉穩下來。鋪在地上的埃及羊毛地毯散發出異國風情與溫暖氛圍，擺在沙發上的好幾個菱格紋抱枕更增添了溫馨感，感覺就像所有能讓人感到安適自在的物品都擺在這裡了。

賓客們坐在各處，慎重地閱讀寫有「五種方法讓你找回典當的記憶」、「有助於恢復身分的聯想記憶法」的小冊子。艾瑪靜悄悄地走向櫃檯，正在接聽電話的職員笑瞇瞇地以眼神向艾瑪打招呼。與綠色針織衫非常相襯的職員結束通話後，用低分貝的音量悄聲說：

「我是記憶典當與身分竊盜恢復室的組長，埃史芬。」

「埃史芬，幸會，所以這裡是叫做……記憶典當與……什麼？」

「名稱有點難記吧？這裡就像一種心理諮商室，是幫助人們透過諮商恢復遺失的記憶與身分的地方。」

「真的嗎？任何記憶或身分都能恢復嗎？」

艾瑪想起凱倫，情緒變得很激動。

埃史芬將食指放在嘴脣上，做出要艾瑪小聲一點的動作。

「噓！艾瑪，會客室是客人正式接受諮商前平靜休息的空間，需要絕對的肅靜。」

艾瑪假裝用手指替嘴巴拉上拉鍊，點點頭。

埃史芬露出鬆口氣的微笑，艾瑪則是壓低音量再次提問：

「只要在這裡接受諮商，失去的記憶真的就能全數找回嗎？」

「當然是不容易囉，但我們的大腦十分神祕，若是以各種方式運用五感、給予刺激，就可能恢復部分甚至是所有記憶。」

艾瑪高興得簡直要跳起來了，她暗下決心，只要等凱倫的語言能力再好一些，就一定要帶她來這裡。艾瑪再度環顧會客室，仔細觀察客人們。

「這些人是怎麼會來到這裡？」

「大部分都是在眼淚黑市典當記憶的人，連身分都弄丟的人也不在少數。」

「哦……」

艾瑪的音量變得更小聲了。

這時，趙大叔走向了櫃檯，看他的步伐，似乎對這裡熟門熟路。把鬍子修剪整齊的趙大叔，顯得很有精神。

「看來你今天是在這裡值勤囉，艾瑪小姐。」

「是的。」

艾瑪彷彿罪人般迴避趙大叔的眼神，她的內心有無數種模擬台詞，猶如漩渦般打轉著：「我該說點什麼……我應該說，我知道誰是害大叔變成這樣的犯人，而那個人就是……」她的心情彷彿被一塊巨石壓著般沉重不已。

「你發生了什麼事嗎？臉色看起來很蒼白呢。」

趙大叔觀察艾瑪的臉。

「啊……沒什麼。」

艾瑪慌忙地摸了摸自己的臉，調整表情後問：

「你怎麼會來這呢？」

「為了恢復遺失的記憶，我一週會來這裡接受一次諮商。局長很替我著想呢。」

「雷蒙嗎？真是幸好……你有想起些什麼嗎？」

艾瑪大概是有預感自己口中會說出無謂的話來，於是轉移了話題。

「目前還想不太起來，但幸好我幾乎想起了女兒的臉。」

大叔面露喜色。

艾瑪很難專注聽他說話，因為腦中全被「要是大叔知道害自己變成這樣的戴蒙現在就在八號蒸氣隧道，會有什麼樣的心情？」的想法占據了。她小心翼翼地開口試探：

「那個，大叔，萬一啊……我是說萬一。」

「萬一怎麼樣？」

要是你此時能立刻見到犯人的話，你會怎麼做？這句話已經湧上了喉頭。但我有資格說出這種話嗎？今天是個好時機嗎？艾瑪的腦中是千頭萬緒，最後她做出了先跟雷蒙商討後再說也不遲的結論。

「沒什麼……」

趙大叔露出和藹的微笑，笑吟吟地說：

「呵呵，真沒趣。」

大叔，對不起，我沒辦法馬上告訴你……請你再稍微等一下。

艾瑪沒有勇氣直視大叔的眼睛，低下頭暗自喃喃。趙大叔雖然覺得艾瑪今天特別奇怪，但並沒有追問下去。

「埃史芬，今天要去幾號房呢？」

「十五號諮商室，請你立即進去。」

「謝啦，那之後見囉。」

大叔朝艾瑪揮揮手道別後，就走進用數字標示十五的諮商室了。艾瑪則是持續凝視大叔走掉的背影。

「蘇菲！你能幫我顧一下櫃檯嗎？」

埃史芬對著櫃檯後方說，一個看起來稚氣未脫的職員便走出來交接工作。

「艾瑪，我們也進去吧！」

埃史芬拉著艾瑪的手臂說。

艾瑪與埃史芬走進了清楚印有數字十四的諮商室，諮商室彷彿藝術家的工作室，可以看到有一面牆擺滿了數千本書、各式樂器、美術工具，甚至還有運動器材，最特殊之處就是有面牆鋪了拍攝電影或廣告時使用的綠幕背景。艾瑪心想綠幕的大小足以跟情感投射電影院媲美，忍不住讚嘆：

「哇！真的好驚人啊。」

「幫助恢復記憶的物品越多元越好。」

埃史芬取出幾項工具拿到書桌上。

「今天我們要諮商的客人是二十六歲女性，記憶大部分都拿去典當，身分也部分賣掉，拿去換取淚珠幣三十萬元。大概還是覺得不夠，她又向叫做戴蒙的掮客額外借錢，結果沒能在約定日之前償還，所以被囚禁在地下倉庫。對了，聽說艾瑪你也去過現場，你沒有看到嗎？」

「對，我是後來才進去的，所以沒看到。」

艾瑪聽到戴蒙的名字後，身體微微縮了一下。

「話說回來，委託人差不多該來了才是……」

埃史芬瞄了一眼牆面的時鐘說。

叩叩，這時門外正好傳來清楚的敲門聲。

「客人來了呢。艾瑪，請你幫忙準備一杯熱茶，就在左側第二個抽屜。」

艾瑪來到埃史芬手指之處，打開了抽屜。抽屜內的蜜桃色紅茶包放得整整齊齊，她拿起一個茶包，讀了上頭寫的文字：

【召喚茶】

使混濁的大腦變得清晰，

亦有助於恢復模糊的記憶。

過度服用時，大腦可能會因興奮而難以入眠，一天請勿飲用兩包以上。

「請進。」

埃史芬望著門口大喊道，身穿患者服的客人便走了進來。相較於女人的長手長腳，患者服短得誇張，也因此綑綁過手腕與腳踝的痕跡赤裸裸地露出來，女人的皮膚與嘴唇也顯得乾燥粗糙。

「客人，請你坐在這裡。」

埃史芬以溫柔的口吻請客人入座。

女人面無表情，瞳孔也十分混濁。艾瑪將畫有梨花的茶杯擱在彷彿靈魂出竅、精神委靡癱在椅子上的女人面前，散發灰紫色光澤的濃茶在茶杯內晃動。

喝了一口茶的客人皺起了整張臉。

「呸！怎麼給人喝這種東西啊？」

客人將茶杯直接推向旁邊，滿臉煩躁的她，聲音中有尖刺豎立。

面對女人的數落，艾瑪感到很驚慌，伸手打算清理茶杯。

但就在這時，客人原本猶如死魚般的眼睛有了焦點，變得雪亮起來。客人向艾瑪打了招呼。

「艾瑪？」

「咦？你認識我嗎？」

「當然認識啦！你不記得我嗎？」

「很抱歉，我不太知道你是誰……」

「我啊，葛瑞絲。」

客人敲了敲自己的鎖骨說。

「葛瑞絲？」

艾瑪抬頭望著天花板。

「把水弄灑在我手提包的人是誰啊？」

艾瑪瞪大了原本瞇成細線的雙眼。

「葛瑞絲！原來是你啊？」

「兩位認識嗎？」

彷彿突然尷尬地介入兩人之間的埃史芬問。

「對，我們去年一起上新制受訓課程。」

艾瑪將視線固定在葛瑞絲身上，回答埃史芬。

「不過，你不是把記憶拿去典當了嗎？怎麼會記得我？」

「覺得煩躁或想抹去的記憶品質低落，所以掮客不肯收啊，所以我清、清、楚、楚記得你。」

艾瑪難以區分葛瑞絲是說笑或發自真心，一時想不到適當的回答，只好尷尬地說：「哈哈，原來哦。」葛瑞絲輪流看著埃史芬與艾瑪的員工證，問：

「你在這工作？在管理局？」

「哦？嗯……對啊。」

「是啦，雖然是基層，但也是滿穩定的。雖然公務員是世界上最古板的工作了。」挖苦的語氣讓人耿耿於懷，但艾瑪還是按捺下來並轉移話題。

「不過這究竟是怎麼一回事啊？你為什麼被戴蒙抓了？」

「還能為什麼，還不是為了錢。我都說了會馬上償還，但他還是把我綁起來，打了我，說要用值錢的眼淚來抵債，可是流下來的眼淚都因為尼寶而腐敗了。這王八蛋，都說熟人更心狠手辣……」

「你為什麼要借錢？你的記憶不是都已經拿去典當，身分也賣掉了？那些錢都去哪裡了？」

「那幾毛錢是有多少，早就花完了啊！」

聽到葛瑞絲把淚珠幣三十萬元說成幾毛錢，艾瑪不禁氣結。

「在這乞丐般的世界到來之前，我們家過著養尊處優的日子，區區淚珠幣三十萬元根本稱不上是錢。可是流淌的世界一到來，爸爸就被公司裁員，媽媽也生了病，所以我就抱著只去一次的念頭去了黑市。去了之後發現是認識的人，本來還想說總比素不相識的陌生人還好吧，誰知道戴蒙那小子那麼惡劣。」

「怎麼不做點工作，不夠的就用眼淚來補貼呢？」

「我是有什麼好哭的？外貌、學歷、人氣都兼具的我？」

「與其說是缺少什麼才哭，也有可能是為了他人哭，又或者看電視劇看到哭。」

葛瑞絲露出一無所知的表情搖搖手。

「因為我對別人的事不感興趣，至於想哭的事情就更是少之又少。我為什麼要哭？哭了只會讓眼睛紅腫，變成醜八怪。我有可能毀掉自己的漂亮臉蛋嗎？雖然絕對不會有那種事，但萬一我哭的話，我會為了自己哭。只有為了自己才哭，我才不會把珍貴的眼淚浪費在其他人類身上。」

艾瑪聽到葛瑞絲的回答後大感吃驚，但並不是因為她自戀過了頭，也不是因為她不可理喻的自私心，而是因為有些羨慕她說只會為自己哭的那番話。

「所以錢都花去哪了？」

葛瑞絲彷彿老早就在等待這一刻似地咧嘴笑了笑，興奮地直跺腳，接著迅速打開手機，讓艾瑪看自己的航水應用程式畫面。

帳號底下看到的照片超過數千張，大部分都是她用名牌貨精心打扮自己，在五星級飯店或充滿感性氛圍的咖啡廳拍的照片。有張素樸的花朵照夾在眾多華麗的照片之間，顯得很突兀。

「這花是什麼？」

「不知道，我覺得跟其他照片很不搭，所以好幾次都想刪掉，但還是下不了手。我搜尋之後，發現花朵的名字跟我的名字一樣，叫做葛瑞絲，Grace Campanula，是風鈴草屬。」

「風鈴草？好像在哪兒聽過……」

「總之那不重要，你看這個，追蹤我帳號的人少說有兩百萬人，這些人都愛著我、對我懷有憧憬，看到我穿的衣服、皮包、皮鞋，就連微不足道的飾品都想仿效。我就是明星，明星有維持品味的義務，如此一來，自然就需要金錢。」

艾瑪氣得說不出話來。

「也就是說，你為了買這種東西，借了那麼多錢？」

「唉，這種東西？你真不識貨耶。」

葛瑞絲露出傻眼的表情看著艾瑪，再次給她看手機。

上頭是寫有「@emily_cooper_01」的帳號。

「看到這個了嗎？這種人每天都做『兼職工作』到凌晨。你看看她上傳什麼照片，炸薯條是怎樣啦？換作是我一定覺得丟臉死了。」

艾瑪一眼就認出艾蜜莉的帳號，內心不禁怒火中燒。她不敢相信熱中以非法手段賺取金錢、購買名牌的葛瑞絲，竟然蔑視合法工作、認真讀書的艾蜜莉。葛瑞絲還讓艾瑪看了其他好幾個人的帳號，大聲嚷嚷：

「你再看看這個，每天上傳自己養的阿貓阿狗的照片，還有說要為了省錢挑戰零支出？做這種事的乞丐們，以及說要讀書，成天只會拍讀書計畫表上傳的書呆子，如果不想成為這種魯蛇，就需要名牌。你懂我的意思嗎？」

「每個人珍視的東西都不同，對某些人來說，炸薯條可以在結束疲憊的一天時帶來撫慰，還有對某些人來說，寵物則是最珍貴的家人。此外，努力省錢並不是什麼丟臉的事，反而很帥氣。你說只會拍讀書計畫表上傳的人是書呆子？那又怎麼了？那是苦讀時唯一的樂趣啊。只因為對你來說不重要，就把別人做的事全部視為沒有用處，不覺得太過分了嗎？」

葛瑞絲露出嫌惡的表情看著艾瑪說：

「也是啦，物以類聚，所以你才會理解那種人嘛。」

「什麼？」

艾瑪正打算反擊，埃史芬趕緊出面緩頰：

「客人的事似乎已經聽得差不多了，現在就開始進行諮商吧。我們會運用視覺、聽覺、嗅覺、觸覺、味覺這五大人類感官來幫助你恢復記憶。首先，請你看前方的螢幕。」

艾瑪與埃史芬四目相交，埃史芬搖頭示意她忍耐。

埃史芬按下青橙色按鈕，電腦上便出現了白色素描本。

「四十歲後半的中年女性，圓臉，眼神銳利。」

埃史芬剛說完，電腦開始在素描本上作畫，轉眼間就完成了擁有圓臉與銳利眼神的中年女性樣貌。

「眼神再溫柔一些，臉也要圓一點。」

電腦抹去某些部分，按照埃史芬的命令修正。葛瑞絲與艾瑪睜大眼睛注視螢幕，兩人的表情彷彿打從出生以來初次見到電腦一樣。

「來，就是像這樣畫圖，記起家人的臉孔。剛開始不容易，但只要慢慢微調，就能畫得與家人的臉孔非常相似。要不要也試試別的呢？」

埃史芬以飛快的速度打字。

克利伯四十二街，WA

她剛按下確認鍵，綠幕的牆面上便出現了克利伯四十二街，布幕畫質相當出色，讓人彷彿身歷其境。

「我們會從這裡開始，仔細地循著每個街區尋找你所居住過的社區。要是有稍微想起的建築物店鋪就請你告訴我，還有也要運用觸覺……啊，那個在哪兒？艾瑪！你可以幫忙拿觸覺箱過來嗎？」

埃史芬指著一個木箱。

木箱就擺放在掛有彎曲管子的工業用機器上方。艾瑪已經盡量避免觸碰到機器了，但她不小心踩空，結果按到了機器尾端的按鈕。就在艾瑪驚慌失措，不知道該怎麼辦的時候，一個長得像幼蟲身軀的管子開始扭動起來。

「這什麼味道啊！」

葛瑞絲摀鼻，神經質地喊道。埃史芬趕緊跑過來按下紅色按鈕，並查看艾瑪按下的按鈕，按鈕上寫著「梅雨季節晾在室內的受潮衣物味道」。埃史芬按下了寫有「通風」的綠色按鈕。

「艾瑪！使用機器時要小心一點！特別是初次使用的機器，要小心再小心。」

「對不起，我已經盡可能小心了……」

艾瑪垂下了頭。

「諮商室幹麼需要這種機器啊？」

葛瑞絲用手捏住鼻子，惡狠狠地說。

「這是以氣味幫助恢復記憶的機器，叫做『全工廠』，它不只有像剛才一樣令人不快的氣味，也有花香或果香這類好聞的香氣。嗯嗯，總之現在就正式開始進行諮商吧，葛瑞絲？」

「不需要。」

「你在說什麼？要找到家人啊！」

艾瑪靠近葛瑞絲。

「不需要，光是想到家人這兩個字，心情就很差。從我有這種情緒看來，我父母肯定是糟到寧可沒有的人，我既沒有必要記住，也不想記起來。」

她挖了挖耳朵，漠不關心地說。

艾瑪像在安撫孩子似地輕輕拍了拍葛瑞絲。

「不會的，是因為你把所有幸福美好的記憶都拿去典當才會這樣。你的父母，雖然我沒見過，但他們肯定是好人。我們也會幫忙的，好嗎？」

「不要，光想都覺得可怕，厭煩透頂。」

究竟葛瑞絲何以淪落到這一步呢？既鬱悶又傷心的艾瑪感到口乾舌燥，看到原本打算移走的茶杯，便拿起來把召喚茶咕嚕咕嚕喝下。她覺得自己快吐了，茶喝起來苦澀且帶有腥味，但不知過了幾秒，腦袋突然豁然開朗、輕盈起來，雙眼也變得明亮清晰，有種不管什麼記憶都能回想起來的微妙心情。

葛瑞絲無視再次建議她接受諮商的埃史芬，只是注視著自己的航水帳號，反覆說著「太美了」。彷彿與自己墜入愛河的她，眼眸散發迷濛的光采。

真是無藥可救。艾瑪對她的自戀症舉起了白旗。

儘管如此，艾瑪仍認為她的眼眸美到無可復加。

「她的眼睛真的好美啊，摻雜了粉色與灰色呢，還能看到一點藍色，我好像在哪兒見過那雙混合各種顏色的眼睛，是在哪兒呢？嗯……啊！」

艾瑪回想起在凱倫辦公室看到的一張照片。

「該……該不會……」

艾瑪的腦袋被支離破碎的記憶碎片攪亂了，隨即又浮現凱倫看著花朵說「我女兒真美」的樣子，是叫做風鈴草的那個花……Grace Campanula。

教授的潛意識肯定是知道的。沒錯，就是那個。艾瑪的手開始不停顫抖，雖然試圖用另一隻手抓住顫抖的手，卻完全不管用。

「艾瑪，你怎麼了？」

埃史芬投來擔憂的眼神。

「沒……沒什麼……」

艾瑪的臉逐漸漲紅，她深深吐出氣息，對著投來「你是怎樣？」神情的葛瑞絲問：

「好，我再問最後一次。比起尋找記憶和家人，你認為名牌包與航水追蹤者的關注更重要吧？」

「對啊，我就是這樣說啊，到底是要我說幾遍？總之啊，反正戴蒙那小子也要被抓進去關了，我現在是自由之身了吧？幫我申請一下個人破產，這樣社會福祉部就會有補助下來，至少還能買個ＬＶ的新品。雖然我內心是想買愛馬仕啦，但也沒辦法啊。」

艾瑪覺得忍無可忍了，內心真的很想朝她的背部狠狠地擊下一掌，也恨不得送她一大串不經修飾的穢語。

「到底為什麼會變成這樣？是什麼讓你變成這樣的？」

「你在瞎說什麼啊，瘋了不成？」

看到勃然大怒的艾瑪，葛瑞絲用滿是煩躁的語氣說。

「到底為什麼要那麼執著於名牌？為什麼就滿腦子只想著他人的關注與稱讚？甚至

忘了家人，不惜拋棄他們！」

葛瑞絲怒瞪艾瑪的尖銳眼神突然失去了力道，艾瑪的質問將她瞬間送回過去。

💧💧💧

在置物鐵櫃並排的高中走廊上，有三名女同學看著某人在竊竊私語。

「說白了，她有什麼了不起的？還不就是靠爸媽。」

其中一名刻意用讓人聽見的音量大聲說。

留著一頭長直髮的少女開始慢慢臉紅，那些話肯定是對著自己說的。

「聽說她爸爸在大企業工作，媽媽又是那知名麥昆大學出來的？可是她功課不好，身材又胖，臉也醜死了耶，哈哈哈。」

「真倒胃口，人生最高成就就是遇到好爸媽。」

少女的身子逐漸因憤怒而開始顫抖。滴滴答答，掉下來的淚珠導致少女書本上寫的字跡渲染開來。

兩年後，少女脫胎換骨，以苗條漂亮的樣貌走入了號稱第一學府的麥昆大學門口。

她手上提的名牌包閃閃發亮，是父母送她的入學禮物。新結交的朋友都不約而同地對少女產生興趣，想跟她變成好姊妹。她們都欣羨地問說包包是什麼品牌，要多少錢，能不能借她們背背看。

少女的內心感到很詭異，曾經被嫌胖嫌醜、遭到霸凌，還因為被說是靠父母族而被蔑視的往日彷彿不曾存在。

「人們熱愛漂亮的我，他們羨慕我所擁有的每件物品，對我懷有憧憬。」

這是少女打從出生以來，首次感覺到如此強烈又令人心蕩神迷的瞬間。

剛從過去回神的葛瑞絲露出朦朧的表情，彷彿沉醉在什麼之中。

「人們鍾愛漂亮的我，他們羨慕我所擁有的每件物品，對我懷有憧憬。」

「拜託！清醒一點好不好！你現在就像被『關注病』操縱的魁儡！人們都鍾愛你，對你懷有憧憬？這是天方夜譚！看到你現在這副德性，他們還會如此嗎？不！他們愛的只是把名牌披在身上的你，並不是愛你這個人。除了這種人，還有人是發自真心愛你！你必須記起他們。」

「閉嘴，你是懂什麼，在這對我說教？你知道我以前過的是什麼樣的生活嗎？要是你知道，絕對不會說出那種話。」

葛瑞絲氣急敗壞地大吼。

面對她的施壓，艾瑪依舊面不改色，顯得很冷靜。

「凱倫。」

葛瑞絲整個人瞬間定格。

「什麼？」

「凱倫．富勒，你沒想起什麼嗎？」

一聽見凱倫的名字，葛瑞絲就像頭部被棍子敲了一記，瞬間空白。

「凱……凱倫……？凱倫……凱倫……」

她將凱倫的名字反覆說了無數次，露出錯亂的表情。與自己一同歡笑、拍照的女人剪影，用憐愛的眼神凝視自己，將粉色花朵遞給自己的女人模樣擾亂了腦袋。

「凱倫．富勒是誰啊？是誰？為什麼我會這麼心痛……好像有人用刀子刺我……艾瑪，拜託你別說了……算我求你了……拜託，我的頭好痛。」

艾瑪除了虛脫地坐在座位上，什麼也沒做，然而葛瑞絲仍不停向艾瑪求情，要她快停止。她在地上痛苦地打滾，情緒激動地哭喊，理由卻無從得知。「凱倫」這個名字猶如子彈般穿透她的心臟，看不見的鮮血染紅了地面。

「是……媽媽……媽媽！」

見她用雙手緊揪著胸口放聲大喊，肯定是記起了自己的媽媽。葛瑞絲的淚珠啪噠啪噠滴落地面。

「再深一點……不對，再淺一點……呼……不是這顏色嗎？」

十五號的諮商室內，趙大叔正在對著電腦下指令，光是今天模擬畫像的瞳孔顏色就換了超過兩百次。

「你女兒的臉終於完成了呢。大叔，萬一……萬一見到她的話，你能認得出來嗎？」諮商師詢問趙大叔。

「當然，那可是我女兒呢，當然認得出來了。」

「那你最想說的話是什麼呢？」

「這個嘛……該說什麼話才好？怎麼說還是得先說對不起吧，那孩子少了爸爸，肯定很辛苦。」

大叔稍作停頓，似乎短暫陷入沉思。

「不，我想先抱抱她，因為我非常想念我的女兒……」

趙大叔的眼角變得有些溼潤。

「你馬上就能見到她了，今天也辛苦你了。我會立刻把女兒的照片傳給你，請你經常拿出來看，也試著回想其他記憶，下週見。」

「真的很謝謝你，傑羅德。」

趙大叔將剩下的召喚茶一口倒進嘴裡，從座位上起身。

喀啦，十五號諮商室的門開啟，趙大叔走了出來。這時對面的十四號諮商室門同時開啟，趙大叔目不轉睛地注視跟著艾瑪走出來的葛瑞絲的雙眸。不知她是不是哭過了，不僅雙眼紅腫，眼眶也依然蓄有淚水，但還是能一眼就認出來。

他邁開極為緩慢的步伐走向葛瑞絲，接著用雙臂緊緊抱住了她。

8 Together

十二月三日，一股沉重的緊張感籠罩了韋貝倫法院。兩名腰際配槍的法庭警察依據耳中無線電傳來的命令打開了門，身穿黃土色未判刑囚服的戴蒙與他的部下們走了進來。當法庭警察喊出「請所有人起立」，在座的人隨即起身，艾瑪也觀察周圍動靜趕緊起身。法庭內太有壓迫感，氣氛也相當嚴肅，彷彿就連無罪之人也變得有罪一樣，讓人不自覺感到畏縮。隨後，審判長與兩名陪審法官透過法官出入門走進來並入座，這時眾人也才能坐下來。

「案件編號 FG-2033-CR-550 的被告人戴蒙・派爾頓請向前，此刻將宣布判決，被告人，最後有什麼話要說嗎？」

審判長金貝莉・麥克貝恩說。

「我是冤枉的，這是我無論如何都想要活下去才做出的選擇，是我對把我逼至絕境的世界所進行的正當防衛。」

「只抽取幸福愉快的記憶，用假眼淚滿足個人私慾，還追到每個葬禮上，從傷心欲絕的遺族身上詐取眼淚，對其施暴、監禁、威脅，甚至將古寶刺進無辜之人身上，奪取他的身分與記憶，使一個家庭支離破碎……你是說這一切都是正當防衛？」

「我認為那是不可抗力的意外。」

戴蒙顯得很理直氣壯。

「受害者家屬請到前方做最終發言。」

聽到審判長的話後，分散坐在各個角落的人們逐一來到麥克風前面，朝著戴蒙及其同夥大肆詛咒。

「那些記憶對你來說就只是為了獲取金錢的手段，但對我們家人來說卻是永生難忘、最幸福的瞬間，是你奪走了我們的幸福。」

「你會被打入求死不得、永遠痛不欲生的地獄，對你這種敗類來說，可能還便宜你了。」

最後，留著一頭短捲髮的女人將滑至鼻梁的眼鏡往上推，說：

「我希望你一輩子在監獄腐爛，以極為駭人、痛苦的方式死去。」

等所有人都發言完畢，審判長給了趙大叔最終發言的機會。他沉靜地合掌，擱置在胸前，以淡然的表情開口：

「戴蒙・派爾頓先生，我希望你務必能明白這點。我並不怨恨或憎惡你，我為面臨這種處境的你感到憐憫。聖經有這樣一段話，『主啊，我弟兄得罪我，我當饒恕他幾次呢？到七次可以嗎？耶穌說，我對你說，不是到七次，乃是到七十個七次。』我會奉行我所信奉的神諭，原諒你七十個七次，在場的女兒葛瑞絲也原諒了你，想必人在醫院的我妻子凱倫也會如此盼望。你獲得了寬恕，請你從罪惡之中解脫吧……我想說的就只有這樣。」

聽到趙大叔這番平心靜氣的發言，法庭上的人都開始接二連三地吸鼻子。幾名女人拿出手帕拭淚，身為審判長的金貝莉也趕緊抹去落下的淚水。葛瑞絲與艾瑪緊緊地牽著從講台上走下來的趙大叔。斗大的淚珠滴滴答答地落在三人互相緊扣的手背上。艾瑪抬頭望向戴蒙，戴蒙也短暫凝視艾瑪的雙眼。艾瑪的眼神彷彿正在傳送心靈感應，對著戴蒙喊道：

「戴蒙，承認你的錯誤，接受應有的制裁，然後返回正途吧，拜託！」

戴蒙將視線從艾瑪身上移開，注視著趙大叔與葛瑞絲。一見到他們牽著彼此的手流淚的模樣，就覺得肚子彷彿在冒泡沸騰。關係和睦的家人就是那個樣子嗎？他在心生嫉妒的同時，也產生了罪惡感：「那家人對我做了什麼嗎？倘若此時有個地洞，真恨不得鑽進去。我有種赤裸裸的感覺，倘若有塊布，我甚至想將臉和身體全部遮掩起來。」

艾瑪能感覺到，直到剛才他那依然理直氣壯的表情正在微微動搖，深信自己沒有錯的信念也出現了裂縫。羞恥心與挫折感、負罪感與罪惡感，化為滾燙沸騰的岩漿，吞噬了他。承認錯誤、為此謝罪並想獲得饒恕的想法，在短短幾分鐘內徹底掌管了他的心。他被一股無從得知的力量牽引，想立刻那麼做的欲望湧上心頭，令他無法忍受。

「在此宣布判決，本案——」

不知以鋼筆使勁寫完什麼之後，審判長說。

「等……等一下！」

戴蒙慌張地喊道。

審判長露出不快的表情，用眼神警告打算自己說話的戴蒙。

「審判長大人，失禮了。」

戴蒙觀察審判長的眼色，鄭重地說。

「呼——真拿你沒辦法，請到麥克風前面發言吧，派爾頓先生。」

他未完全開嗓的聲音有些沙啞。

「我承認自己犯下的罪行，一切責任都在我身上，我做錯了事，我想真心低頭向所有受害者謝罪。我生活過得很辛苦，是因為想跟從前一樣過得豪華奢侈、享受一切，因為改變的世界不順我的心才會走上歧路。」

戴蒙的嗓音逐漸加重力道，情緒也益發激昂，他的五官扭曲，全身不斷打哆嗦。

「我承認錯誤，會好好反省的，也會努力改過向善，努力理解受害者的痛苦。請給我一次機會，讓我成為流淌世界的成員。我真的錯了，對不起、對不起……」

說完最後一番發言後，戴蒙的眼眶不停有淚水沿著臉頰流下。不受控的眼淚讓戴蒙驚慌失措，但他似乎連抬起手擦拭的力氣都沒有。他只是將身子倚靠著講台不斷啜泣。審判長凝視戴蒙許久，一股寂寥感籠罩法庭，靜謐得讓人感覺到一絲涼意，所有人都在等待審判長的判決。金貝莉深吸一口氣，開始宣告判決，她的嗓音斬釘截鐵、充滿了魄力，但又莫名讓人感到溫暖柔和。

「我所尊敬的法官約翰．格蘭傑經常如此說，我們要給予所有人平等的機會，特別是強烈表達出重新做人之意志的人。摔跤並不是罪，拒絕重新站起來才是罪，你正在反省自己，而我們想要幫助你。我們會激勵你，為你加油助陣。我會給予你機會，讓你重新成為適合流淌世界的成員。真心希望你能好轉，戴蒙。」

金貝莉舒了一口氣，清了清嗓子。

「在此宣告判決，本案被告人在法庭上招供，且依檢察官提出的證據，認定被告人有罪，但考慮到被告人流淚真心反省，酌情判處四年有期徒刑。此外，命令被告人進行社會服務一百小時，並接受情緒控制課程四十小時。」

戴蒙微微張開嘴巴說了聲「謝謝你」之後便低下了頭，貌似心甘情願地接受了處分。旁聽席上傳出了百感交集的嘆息聲，捲髮女人直喊量刑太輕了，吐露內心的冤屈，部分受害者則點頭認同法官處理得當。艾瑪注視著和警察一起從法庭側邊小門走出去的戴蒙，首次感受到他那威風凜凜的雙肩變得如此渺小。

💧💧💧

「六七四二號，有面會。」

鈍重的鐵門轟隆開啟，帽簷壓低到幾乎要把整張臉都遮住的獄警說。

「沒人會來面會啊。」

戴蒙很訝異地側頭納悶。

「好像是管理局的人，去了就知道了，趕快出來。」

「管理局……會是那個愛管閒事的女人嗎？」

迫不得已走出牢房的他喃喃自語。

戴蒙沿著走廊走的時候心想：「肯定是要來嘮叨一堆有的沒的吧，那女人每件事都要跟我扯上關係……」

話雖如此，但他內心感覺卻不壞，不，說不定還暗自開心呢。他很感激艾瑪願意來探望無人面會的自己，走向接見室的步伐也跟著加快。

戴蒙走進了中間隔了玻璃窗的兩坪多房間，在看到坐在玻璃窗另一頭的人之後直接僵在原地。獄警讓彷彿整個人凍結的戴蒙坐下後，便坐在特定座位上做起自己的工作。

「好久不見了，哥……」

坐在玻璃窗另一頭的男人說。

「雷……雷蒙你……你為什麼來這？聽說你是管理局的人，那麼……」

「是我。」

雷蒙露出溫柔的微笑說。

戴蒙一瞬間煩躁湧上心頭，他還情願是那個多管閒事的女人看到淪落這步田地的自己，情願是僅有一面之緣的陌生人。唯獨家人，特別是弟弟，他並不想讓他看到自己的這副模樣。

「你來這裡幹什麼？是來參觀我變成什麼德性嗎？還是想一邊說著『看吧，我說的沒錯吧？』一邊神氣炫耀你的過去，或者大肆嘲笑我的現在？嗯？為什麼！你為什麼要來！」

「哥，你冷靜點，不是那樣的。」

「不然是怎樣！」

「因為你是我哥，所以我才來的。」

雷蒙哽咽地說。

「……」

戴蒙什麼話也說不出來。

「過得還好嗎？有好好吃飯嗎？會不會冷？有沒有需要什麼？」

雷蒙仔細打量身穿囚服的戴蒙的服裝與氣色，連珠炮地噓寒問暖。

戴蒙依然一言不發，內心充滿了疙瘩。在法庭上彷彿要滿溢出來的善良之心，在弟弟面前瞬間變成了壞心眼。

雷蒙看出那表情的涵義，再次小心翼翼地接著說：

「哥，一直以來你都覺得我很沒出息吧？你肯定無法理解。」

只顧著望向他處的戴蒙轉過頭看著雷蒙。

「我是指一點也沒有想幫忙爺爺與父親經營飯店，把全副心思都拿來幫助素昧平生的可憐人。」

「呵——你自己還知道啊。」

戴蒙說話的同時，乾脆將身子整個轉向左側。

「不過，知道我為什麼那樣做嗎？」

「為什麼？」

「是因為哥……」

「什麼？」

「記得那件事嗎？兒時哥和我背著爸媽偷偷跑出去玩？我們手上就只有剛好十元，但想到可以買漢堡吃，不是心情很雀躍嗎？可是哥看到嚴冬坐在路邊直發抖的街友大叔後，毫不猶豫地就把十元給了他。那是我們身上全部的財產啊。那時我很埋怨哥，因為哥，害得我沒辦法買漢堡吃。我又是打你又是哭鬧的，問你為什麼要那樣做，還記得你那時說了什麼嗎？」

戴蒙皺起眉頭，竭力從毫無記憶的多年往事挖出一角的他，露出想不起來的表情注視雷蒙。

雷蒙深深地吸了口氣，說：

「你說，我們之所以出生在有錢人家，是全世界的人一點一滴凝聚運氣，送給我們的。所以說，反正這不是我們的錢，就應該跟人們分享。」

戴蒙的臉蛋漸漸燒紅，雖然早已將此事忘得一乾二淨，但聽了雷蒙的話後，隱約回想起那天的情景。

「哥很帥氣，我想要成為像哥一樣帥氣的大人，成為擁有那種柔軟、利他想法的大人，可是哥卻慢慢變了個人。」

戴蒙燒紅的臉瞬間暗沉下來。

「只要是為了經營飯店，不管是違法或不道德的事，哥在做的時候都毫無罪惡感。你把員工的奉獻與熱情視為理所當然，把客人只是當成賺取金錢的工具。我感到非常失望和痛心，甚至害怕自己也會變成那樣，還有……」

雷蒙稍作猶豫，戴蒙咕嚕吞嚥了一口唾沫，睜大了眼睛。

雷蒙溫柔地凝視戴蒙的眼眸，說：

「雖然有些木訥，但內心比任何人都溫暖，在兒時的我眼中猶如大人般巨大穩重，我在這世界上最想效法的哥哥——戴蒙，派爾頓，我好想念他。」

雷蒙的眼眶凝結出一顆顆小小的水珠。

戴蒙的眼神雖然稍有游移，但很快地又變得堅定。他轉過身，挺直腰桿坐好，正面看著雷蒙說：

「那只是不懂世事的孩子說的話罷了。總不能一直當個不想變成大人的彼得潘吧？我們也在不知不覺中成為大人，也有非做不可的事。我指的是繼承爺爺與父親胼手胝足開創的飯店，維持家族的財富與名譽的義務。為此，我拋棄了我自己，只剩下派爾頓飯店家族的長男，以及成為下任經營者的戴蒙．派爾頓。可是你做了什麼？你就只躲在我後頭假裝善良，就只做你想做的事，事到如今你說什麼？你說就連那也都是因為我？」

「對不起，我沒能成為哥的依靠，我只躲在柱子後頭看著哥挨打……我的意圖並不是為了怪罪哥，只不過想表達過去我何以那樣做罷了。」

戴蒙沒有回答，雷蒙接著說了下去：

「我明白哥很辛苦也很孤單，你總是悶不吭聲地一路忍耐吧？我希望現在哥能過得平靜自在，希望你能盡情大笑，直到內心痛快為止。還有我希望你不是以派爾頓家族的長男，而只是以戴蒙．派爾頓這個人本身感到幸福。我是真心的。」

「要怎麼做？」

戴蒙以讓人無法聽清楚的嗓音說。

「嗯？」

雷蒙往玻璃窗靠近。

「我是問你怎麼做……才能變得平靜自在？才能盡情大笑直到內心痛快為止？還有以我這個人感到幸福……」

戴蒙的下脣顫抖不止。

「我會幫你的，我會陪你走這段路。我就在這裡，為了哥。」

雷蒙感到熱淚盈眶，戴蒙的視線也因淚水而逐漸模糊。他感覺到一直以來緊緊勒住自己的一切野心與負擔都隨著淚水融化、流了下來。兄弟倆再也沒有說話，兩人只是隔著玻璃窗，流著無聲的淚水。他們看起來似乎原諒了彼此，也原諒了自己。

艾瑪一個箭步爬上陡峭的山丘，走進了由濃密樹林包圍的破舊建物，她的手上拿著一束嬌豔欲滴的風鈴草。一走進建物的大廳，艾瑪便用雙手覆住臉，大喊道：

「我的天啊！」

「媽媽！就是那樣！再多加把勁！」

「老婆，小心小心！那邊很滑！」

趙大叔與葛瑞絲將凱倫從患者專用散步小徑上攙扶起來，同時不忘嘮叨兩句。大概是目前要穩住重心還有點困難，所以看起來有些險象環生，但凱倫確實地跨出了一步又一步。

「趙大叔！不對……布萊恩大叔。雖然知道了大叔的本名，但一時還改不過來呢，哈哈。話說回來，這是怎麼一回事呀？教授，你現在能走路了嗎？」

「噢，艾瑪你來啦？就是呀。依照醫生說的，患者的意志強烈，所以恢復的速度也很快。」

「呼——幸好，真的太好了。」

艾瑪將手放在胸口上大大地鬆了口氣，但隨即又鼓起雙頰，露出氣呼呼的表情瞪著葛瑞絲。

「你！上禮拜還有上上禮拜都沒來諮商室吧？我說過諮商不能中斷吧？又不是所有記憶都恢復了，你還不乖乖聽話？」

「你也不先打招呼，一開口就嘮叨。媽媽才剛開始走得這麼順，我怎麼能丟下媽媽去那裡，悠哉悠哉地接受什麼諮商？對不對啊？唉，爸，你也說她兩句吧，我都快被煩死了！」

「什麼？被、煩、死？你要慶幸法官從寬發落，只讓你接受矯正教育一百小時！」

「哎喲，知道了啦！聽到我耳朵都要長繭了。」

看到葛瑞絲摀住雙耳假裝聽不到，艾瑪和趙大叔忍不住放聲大笑。

「大叔，雖然知道你很忙碌，但一定——要持續接受諮商哦。雖然身份恢復了，但還有遺失的記憶，你知道吧？」

「好，我會記在心裡的，謝謝你。」

趙大叔輕輕拍了拍艾瑪的肩膀。

「最近葛瑞絲對媽媽的照顧無微不至，我說要跟她換班，讓她回家休息一下，她也完全不肯聽話。看來是想及時盡盡孝道吧，你就諒解她一下吧，艾瑪。」大叔眨了眨眼。

艾瑪點點頭說知道了，接著再次望著凱倫。凱倫變得圓潤不少，外貌也打理得整齊許多。葛瑞絲不知道有多悉心照料，不僅將她的頭髮完美地捲好盤起，此外還替她的臉頰和嘴唇塗上了充滿活力的粉色，因此完全感覺不到她是在醫院接受復健的患者。

「教授，我來了！」

艾瑪為了目前說話時仍口齒不清的凱倫，像在教孩子說話般盡可能逐字說清楚。艾瑪遞過花束後，凱倫依然沒什麼反應，看到她彷彿在說「請問你是誰？認識我嗎？」的表情，讓艾瑪傷心極了。

「教授還沒恢復語言能力吧？也還不記得我？」

艾瑪看著趙大叔問，但他僅以聳肩代替回答。艾瑪轉過身詢問葛瑞絲：

「你呢？教授認得出你嗎？知道你是她女兒嗎？」

「呃……」

葛瑞絲也結結巴巴，迴避艾瑪的視線。艾瑪心想自己是否觸碰到兩人的敏感話題，嚇得縮了縮身子，「畢竟是家人，肯定要比我更傷心吧，我最好別再問這種問題了。」

就在此時，有個溫暖和藹的聲音裹住了艾瑪全身上下。

「艾瑪……」

過於震驚的艾瑪隨即回頭看，凱倫正看著自己露出慈祥的笑容。

「教授？現在是教授在說話吧？你……記得我嗎？」

「當然囉，我親愛的學生，艾瑪，我好想念你。」

凱倫不禁哽咽。

再清楚也再明確不過了，那個聲音與大學整整三年最敬愛的老師凱倫・富勒的聲音如出一轍。艾瑪一副不可置信似地搖搖頭，然後將凱倫教授緊緊摟入懷中，忍不住啜泣起來。

「我也是！我也真的真的好想念教授。假期……太漫長了。」

凱倫的眼中也有顆閃閃發光的淚珠，咚地一聲滴落。大叔和葛瑞絲也別過頭拭淚，四人就這樣各自看著不同的方向，喜極而泣好一會兒。四人的手機輪流響了起來，大家都知道那是從管理局傳來的訊息。

艾瑪好不容易鎮定下來，擦了擦滿是淚痕的臉，詢問葛瑞絲：

「我可以跟教授一起走走嗎？」

「小心點。」

葛瑞絲露出不信任的表情，但仍將攙扶凱倫的手遞給艾瑪。

「教授，我陪你一起走。」

艾瑪牽著凱倫的手說。

凱倫只是默默地點了兩下頭，接著便在艾瑪的攙扶之下邁出一步又一步。凱倫的步伐喀噠喀噠地走進艾瑪的腦海，讓她回想起銀青色票券。艾瑪似乎稍微能夠明白凱倫為什麼要把票券給自己了，票券正中央寫的字非常清晰地閃過她的腦海：

「Together.」

夜間，見過凱倫之後心情變好的艾瑪，整個人充滿了難以言喻的緊張感。她緊閉著雙眼，翻開了放在書桌上的精裝筆記本。一翻開筆記本，確實如商店老闆黛安娜所說，淡淡象牙色的內頁讓眼睛感到很舒適。內頁的角落印有沿著藤蔓生長的黃金葛，讓人產生了想立刻寫下什麼的心情。她按照雷蒙的建言，將第一頁摺成一半，接著沿著摺線劃線區分開來，很有自信且輕鬆地在左側寫上大大的標題──「為了他人流的眼淚」。

喬許．岡德的資助人畢業典禮、艾蜜莉．庫柏被淚水浸溼的枕頭、FC黃鳥的首勝、凱倫教授與趙大叔及葛瑞絲，除此之外還有看著無數書本、觀賞電影與電視劇流下的眼淚……寫著寫著，欄位不夠了。一種奇妙的快感令艾瑪著迷，她很喜歡握著削尖的鉛筆在品質優良的紙張上頭沙沙寫下字的感覺，尤其那些內容是融入他人的情感，發自內心去體會的經驗，因此心頭更加暖呼呼了。

艾瑪調整坐姿，大大地吸了口氣後，稍早前點燃放置於書桌角落的黑加侖香草芬芳跟著竄入鼻腔，那是能讓人的心情變得甜絲絲的香氣。她將握著鉛筆的手移至右方，寫上了大大的「為了自己流的眼淚」。有別於先前，她充滿了可以輕鬆完成的自信感。

但過了幾分鐘，艾瑪寫的就只有在句號旁邊加上句號，而在那句號旁邊也只有別的句號。事實上那些也不是句號，因為她根本就還沒開始。

「沒關係，假如最近沒有，去年或前年也沒關係。哪怕是多年前的記憶也好，拜託了。」

就這樣一分鐘、兩分鐘……轉眼間一小時過去，艾瑪逐漸從煩躁轉變成生氣。在哭過無數次的往日中，沒有一天是單純為自己哭泣的事實令她無法置信。過去當成耳邊風的他人話語逐漸層層浮現，回想起謝樂要她別無謂地為他人的事情哭泣，還有葛瑞絲說只會為了自己哭泣，艾瑪不由得心生委屈。

「我真的不該這麼做嗎？其他人都顧著追求自己的利益，就只有我彷彿是什麼慈善事業家似地吃虧，好像有哪裡出了差錯……」

就在負面想法占據腦海之際，她又有了別的想法。

「不，想想爸爸、媽媽吧，我竟然有這麼自私狹隘的想法，太令我羞愧了，我對自己好生氣。」

難以負荷的兩種情緒重重地壓著她，從後頸到肩膀沉重得讓她坐不住。

9 氣體眼淚

「這裡嗎？這裡覺得如何？」

「啊！醫師，好痛！」

百花綻放的三月晨間，艾瑪趴在挖了臉蛋大小圓洞的病床上哇哇大叫。

「你是做了什麼，全身肌肉都縮成一團了。」

整形外科的專科醫師彼得邊問邊用手使勁地按壓艾瑪的背部。

「因為有很多讓人緊張的事情。」

「解決了嗎？」

「解決了，除了一件事。」

艾瑪短暫回想起攤開放在書桌上的筆記本，但很快地又開始想凱倫教授的事。

凱倫的復健意志相當強烈，一般癱瘓患者會因為難以接受自己的處境而拒絕治療，但她不一樣。機器人治療、復健治療、作業治療、認知治療、語言治療等，能接受的一切治療都很認真參與，至於不需要治療的週末，就在葛瑞絲的攙扶下在醫院內外不停行走。多虧於此，她得以在一年半後重返教職。凱倫還恢復了控制情感的下視丘功能，能像之前一樣流下情感淚水，把先前遲繳的醫療費全部還清了。

趙大叔被拿去拍賣的身分全部恢復了，雷蒙問他說，先前他在大企業都當到管理階層了，繼續做廢水處理場的工作是不是很辛苦，提議要提供其他職缺給他。但趙大叔鄭重拒絕，說要不是廢水處理場，自己就無法找回家人，他想抱著終生志工的心情在那裡工作，讓所有管理局的職員都大受感動。

葛瑞絲在總算完成一百小時矯正教育的那天，對艾瑪宣戰：

「喂！你可別因為自己在管理局工作就自以為了不起！我也能像你一樣在局裡工作的！聽說管理局業務大幅增加，現在會用考試選拔員工。我才不會像你一樣是靠『特別錄用』，而是以『公開招募』進去，你給我好好等著！知道了吧？」

儘管葛瑞絲動不動就找艾瑪的碴，艾瑪並不討厭這樣的她。

艾瑪心想，自己跟凱倫的家人似乎有剪不斷的緣分，大學期間最敬愛的教授、在管理局接受新人教育時遇見了葛瑞絲，還有剛開始在管理局工作就在廢水處理場遇見趙大叔，艾瑪一邊回想這三人，內心感到很滿足。

用力按——當彼得用手指按下蝴蝶骨附近的肌肉，艾瑪差點沒用後腳將他踢飛。

「啊！醫生，很痛耶！」

艾瑪痛到擠出了一滴淚。幾秒後，手機發出了「嗡——」的震動聲。

「入帳了吧？你剛才可是因為我賺了淚珠幣一元哦。」

艾瑪和彼得互相擊掌，咯咯笑了起來。

艾瑪再次將頭伸進床頭的洞口，問：

「醫生，我想問一件事。醫生不是沒辦法好好睡覺，也沒辦法準時吃飯，又很難跟家人有許多時間相處嗎？過去的確是可以賺很多錢，但流淌的世界來臨之後，月薪也只能拿到淚珠幣一千元，為什麼你會想要繼續當醫生呢？」

「嗯……這問題很有趣呢。坦白跟你說，我畢竟也是人，所以剛開始並不怎麼樂於迎接流淌的世界，也認為相當不公平。你想想看哦，念醫學院五年、住院醫師兩年、研究醫師三年才當上醫生，之後還要再多累積四年的經驗才勉強成為整形外科的專科醫師。就像你說的，不能好好吃飯、好好睡覺，也不能好好玩耍。現在好不容易當上了專科醫師，可以償還過去拖欠的助學貸款，能買車買房，也能成家，也打算向父母盡這輩子未盡的孝道，嗯，可是竟然迎來眼淚變成金錢的世界，誰能不氣憤呢？我本來也想辭職不幹，不當什麼醫生了。」

「你為什麼沒有辭職呢？」

「這個嘛，其實沒有人是只看錢才選擇醫生這個職業的。雖然我的同窗中有幾個人是為了薪水才做這份工作就是了，但想必他們一開始也是為了拯救生命才成為醫生的。因此，就算在一夕之間無法以這個職業賺錢，又怎能輕易地選擇其他職業呢？當醫生並不是為了企望能有什麼回報。要給別人什麼時，最好是給無力償還的人，又或者是抱持那種心態給予。就算沒有收回來，我仍會為此刻能給予那個人而心懷感謝。即便經過我的治療，身體不適的患者好轉後，連一句道謝的話都沒有就拍拍屁股走人也沒關係，因為只要那些人變健康，這樣醫生就會感到幸福了。」

彼得的微笑溫暖極了，艾瑪的胸口也跟著暖洋洋的，覺得有像他一樣的醫生真是太好了。但她突然想起了在凱倫的醫院看到的醫生，即便做死亡宣告時連眼睛都不眨的那種冰冷態度，她並未對遺族的哀傷表示共鳴，反而不斷確認手錶。艾瑪明知自己不該有這種想法，但仍忍不住把她拿來與彼得做比較。

「醫生，你們會因為見過太多死亡，所以再也不把死亡當成一回事嗎？就像只是去吃午餐一樣，會變成毫不特別的普遍日常嗎？」

「當然是沒辦法跟當上醫生後初次面對死亡的衝擊做比較囉，而是會逐漸變得習以為常。不，是非得習慣不可。因為要是每次都深陷無法自拔的哀傷與痛苦，大概就得放棄當醫生了。但可以確定的是，他們依然會在患者的死亡面前哭泣，只不過不是發出聲音哭泣，而是在心底哭泣。必須隱藏悲傷，將情感藏得不留痕跡。」

「對其他人嗎？」

「對自己也是，醫生呢，非得如此不可。」

彼得說的每句話都飽含真心。

艾瑪陷入了沉思：「按照他說的，醫生沒有義務要在死亡面前感到痛苦，我又為什麼理所當然地要求他們必須產生共鳴？」想到自己是一知半解，卻暗自揣測並做出判斷，不由得感到痛苦。

「汪汪。」

一隻白色馬爾濟斯吠叫了兩聲，牠那雙黑溜溜的眼睛占了臉的一半。

「潔西，你瘋了嗎？怎麼能把狗帶來管理局？」

說話的馬克斯將自己壯實的前臂交叉於胸前。

「啊……那個，是因為託管的小狗旅館要進行整修工程，有兩週停業。」

將小狗抱在懷中的潔西盡可能背對著馬克斯說。

「呵，真無言啊，所以現在是要把小狗帶來這裡兩週是吧？」

這時艾瑪經過八號蒸氣隧道，走進了眼淚犯罪搜查科。小狗從潔西的懷中跳出來，奔向艾瑪，對著她輕輕搖晃尾巴。

「太可愛了吧！你叫什麼名字呀？」

艾瑪一把抱起了馬爾濟斯。

「我從明天開始會請別處照顧，就今天而已，可以嗎？組長……」

潔西用手指比出數字一，向馬克斯求情。

「就只有今天啊！」

「謝謝，果然組長最棒了。」

潔西喜上眉梢，趕緊跑向艾瑪。

「牠叫什麼名字？」

艾瑪邊說邊小心翼翼地將小狗交給潔西。

「愛麗絲。」

「愛麗絲，你好啊。」

艾瑪輕輕地摸了摸愛麗絲的頭。

「可是牠有很多淚痕耶？」

艾瑪看著愛麗絲眼周兩側明顯發紅的痕跡問道。

「因為牠有過敏，只要碰到換季，就會像這樣淚流不止。即便我經常幫牠擦拭，也去了醫院，但還是老樣子。」

潔西傷心地嘆了口氣。

「潔西，小狗的眼淚也有情感嗎？」

艾瑪突然好奇起來。

「這個嘛，有一本我覺得很有趣的書《動物的眼淚能變成金錢嗎？》裡面有講到，能帶著情感流淚的就只有人類。換句話說，小狗流的眼淚是因為年老了免疫力衰退、細菌感染，又或者是淚管有異常，也就是說並不是因為高興或悲傷才流下淚水。」

「原來是這樣啊，我還以為動物也肯定有情感，看來那和眼淚沒有相關。」

「但我的想法稍有不同。當我生病躺在床上時，愛麗絲會一整天在我身旁打轉、流淚。別人可能會說那也是過敏引起，但那種眼神和情感只有主人才懂得，愛麗絲的眼淚中肯定是帶有情感的。有時候啊，當我度過非常辛苦的一天，筋疲力竭地回到家，就在我走進玄關的那一刻，愛麗絲似乎察覺了我的心情，因為這雙黑溜溜的大眼睛會變得水盈盈的，好像是在說『媽媽，今天一天真的很辛苦吧？真的辛苦你了』。所以我由衷想要相信，相信動物也能流下飽含感情的眼淚。」

「我也想這麼相信。」

艾瑪露出柔和的笑容，點了點頭。

「看看我這記性，該餵愛麗絲吃飯了。對了，艾瑪，今天別忘了去七號蒸氣隧道，那大概是你最後一次在B棟執勤……」

「好的，請別擔心。」

艾瑪望著潔西將愛麗絲輕輕上下搖晃、走向茶水間的背影，接著短暫陷入思考。竟然是最後一次在B棟執勤了……

艾瑪經過七號隧道，打開門，眼前出現了超大型實驗室。放滿燒杯、滴管、天平、本生燈的空間靜寂得教人害怕。這時，位於實驗室最深處的圓柱門大敞，詹姆士現身了。圓柱門似乎跟在廢水處理場看到的一樣，呈現不管是人或物品都會一併被吸入宇宙的幾何造型。

「詹姆士！」

艾瑪很高興地呼喚他。

詹姆士今天果然也穿了相較於長手臂、顯得短到誇張的研究員白袍。艾瑪雖然很高興地朝著舊識揮手打招呼，詹姆士卻將視線固定在地面上，簡單地行個禮。由於詹姆士的臉紅得像顆蘋果，艾瑪心想詹姆士是不是生病了。

「詹姆士？你哪裡不舒服？氣色不太好耶。」

艾瑪仔細打量詹姆士的臉。

詹姆士猛地轉過頭，藏住自己的臉，說：

「我……我沒事……」

他說話時，首字總會結結巴巴。

「是嗎？那真是幸好呢。你在這裡工作嗎？」

「平……平常我會在裡面的實驗室分析沒收的鱷魚的眼淚，掌……掌握幾項牽涉犯罪事實的個數與種類……還有像今天碰到有預約的日子，就會暫時來到這邊外部的空間。嗯哼。」

可能是太少說話，他的嗓音沙啞而分岔。

「哦，所以上次出動時也才會一起去呀。」

「沒……沒錯。」

詹姆士依然將視線固定在地面上，邊推眼鏡邊說。

「這邊外部空間是做什麼的呢？」

「是……是查詢氣體眼淚的地方。」

「什麼？氣體眼淚？不是液體嗎？」

「你……你聽到的沒錯！不是液體，而是氣體！為了自己流的眼淚會分毫不差地匯入自己的戶頭，但真心為了他人而流的眼淚會變成水蒸氣，飛向對方的尼寶。我們稱此為氣體眼淚。不過，對方無法即時確認自己的氣體眼淚，必須受到管理局的許可，只有在這邊的氣體眼淚查詢室才能查詢。因為若是遭到惡意利用，就可能製造出其他鱷魚的眼淚，因此只允許身處極端處境的人使用。」

「因為不是隨便誰都能來的，所以才會這麼安靜啊。」

「想……想要獲得許可，要提出的文件超過一百張，光是和管理者開會就要開上十次，所以有時一天連一名客人都沒有，至多也就是兩三組左右。」

叮咚，入口處傳來按鈴聲。

「看……看來是第一位客人到了。」

詹姆士與艾瑪一同走向入口迎接第一位客人。看上去四十歲出頭的女人帶了一張紅腫的臉走了進來。

「你好，我是研究員詹姆士，你是預約上午十點的海莉·布朗小姐，對嗎？請到這邊來。」

紅著臉講話結結巴巴的詹姆士不知去向，在場只剩下看起來很幹練的研究員，艾瑪還是初次見到詹姆士說話不結巴的樣子。艾瑪在準備好的筆記本上面隨手畫了幾筆，準備好要將詹姆士說的每件事寫成筆記。詹姆士意識到艾瑪的存在，忍不住聳高雙肩。

女人在陌生的查詢室內東張西望，小心翼翼地坐在詹姆士指示的椅子上。

「你怎麼會來到這裡呢？」

詹姆士問，同時接過夾板準備書寫。

「連這些也都要講嗎？」

女人露出十分為難的表情。

「我知道你在文件上已經解釋也證明過許多事情了，但我們要確認是否與文件上寫的內容一致，這個程序不可或缺，還請你諒解。」

艾瑪點點頭，寫下「確認是否與內容相同的程序」。

海莉瞄了艾瑪一眼，接著再次將視線轉回詹姆士身上，說：

「我是非常熱愛寵物的人。小時候養了十二年的吉娃娃『巧可』，長大成人後則是養了十五年的黃金獵犬『雷歐』，牠就像是我的家人。在巧可和雷歐離開世界之後，悲傷與失落感難以承受，促使我有空就去擔任流浪狗的志工。光是看到小狗被關在不衛生的狹小籠子一輩子，被當成繁殖幼犬的機器，最終逐漸病死，就讓我感到心痛。就算被拯救出來，送往動物保護中心，只要無人領養，就會在期限內執行安樂死。看到小狗用腳爪抓著籠子的鐵絲，露出『拜託請帶我走吧，不然我馬上就要死了』的表情，我實在無法坐視不管，所以就這樣一隻一隻帶回來，連同周圍人說養不下去而拋棄的也都收留了，不知不覺中，我成了一百隻狗兒的媽媽。管理那麼大量的狗，自然需要為數可觀的金錢，我在職場上工作十年慢慢攢下來的錢轉眼間就見底了，債務也不知不覺地如雪球般越滾越大。」

艾瑪感到十分羞愧，因為光是要起床、梳洗、吃飯、哄自己去上班就已是心力交瘁了。雖然她很喜歡狗，也很羨慕那些主人，但每次總會考慮到必須花費的時間、費用與悉心照料而放棄。而海莉不是只養一隻，是足足有一百隻……艾瑪注視海莉的眼神散發出尊敬的光采。

「你真是偉大！這真的很不容易啊。」

海莉用手摀住臉，感到很難為情。

「沒有啦，明明就沒錢，我卻毫無責任感地把事情鬧大，所以每次都對狗兒感到很抱歉。我本來真的不打算來這裡的。」

她顯得遲疑不決。

「我原本無論如何都想靠自己的力量解決，但事態過於緊急，所以就跑來這裡了。我每次都是向朋友們借個淚珠幣二十元、淚珠幣五十元，去買當下要給狗兒吃的飼料，可是……」

「可是……？」

艾瑪小心翼翼地問。

「有幾隻狗兒生病了，必須動手術，我卻付不出手術費……」

女人竭力想忍住淚水，無法繼續說下去。

「像你這樣會為了動物落淚的人，應該收入不成問題才是啊。」

詹姆士面無表情地說。

「我當然經常為狗兒哭泣，但成天哭也不是辦法呀。從早就必須替狗兒整理家園，回去之後還要替牠們洗澡，替牠們準備糧食，還有幾隻必須帶牠們上醫院。我非得變強悍不可，沒辦法像枯草般坐以待斃。對於一整天只望著我的這些狗兒來說，我就是世界的全部。」

艾瑪用眼神示意詹姆士「說話請溫柔點」，詹姆士看到後身體縮了一下。

「是呀，你就是牠們的全部。請別擔心，海莉，像你心地這麼溫暖的人，一定會有許多人欣然為你流淚的。」

艾瑪緊緊握她的手。

「其實，我並不抱任何期待，因為就連父母也說我成天跟狗兒窩在一起，覺得我很沒出息。他們說家裡狗毛四處飛揚，已經很久沒有踏進我家了。朋友都說『人才重要，狗有什麼重要的？何必還為此欠債、搞砸自己的人生』，我跟這樣的朋友也很難維持良好關係。真的會有誰肯為了我流下一滴淚嗎？」

女人的肩膀和嘴角同時沮喪地垂下。

「又有誰能預想得到眼淚變成金錢的世界會到來呢？世界往往偏離我們的預想。」

艾瑪皺了皺鼻子，海莉則是露出微微一笑。

「已經確認和文件上寫的查詢事由一致。好，現在就來查詢氣體眼淚吧。」

詹姆士放下金黃色夾板，打開右側第一個抽屜，取出一個長得像手電筒般的機器。不知是否意識到艾瑪充滿好奇心的視線，他稍微抬高手臂和肩膀，以絢麗的手法揮舞手電筒。

「這個機器叫做『壓縮棒』，簡單來說，只要看成是非常迷你的清潔器就行了。用這個吸出髮絲或眉毛附近的尼寶後，再塞進零下一百零五度的冷卻器中，那麼從尼寶流出的氣體眼淚就會緩緩凝結成固體，如此一來看起來就會像是寶石一樣。根據氣體眼淚的量，可能會如砂金般幾乎看不出形體，但有時也會形成尺寸驚人的礦石。」

詹姆士指著放在桌面中央的燒瓶說。透明的玻璃燒杯看起來就像是掛在聖誕樹上的鈴鐺。

海莉緊握雙手，開始做起深呼吸。她嘴上說不怎麼期待，但看起來又是另外一回事。艾瑪說可能會很刺眼，要海莉務必緊緊閉上雙眼，她馬上就按照艾瑪的話去做。

艾瑪看著詹姆士點點頭。詹姆士在海莉的頭髮上找到了尼寶。詹姆士直接將壓縮棒插進玻璃燒杯的中央後，接著按下冷卻器下方的祖母綠按鈕。冷卻器噴出大量冰冷的水蒸氣，使尼寶內的氣體眼淚凝結成固體。與冷卻機相連的ＡＩ喇叭發出了緊急通知：

「警告！警告！可能會因水蒸氣過量噴出而導致窒息，請打開窗戶。」

實驗室內充滿了多到驚人的水蒸氣。艾瑪無法將目光從眼前的景象移開，因此只睜開了單側眼睛。詹姆士連忙起身打開窗戶，水蒸氣也才得以迅速排出。在消散的煙霧之中，燒瓶的剪影緩緩出現，ＡＩ喇叭以高分貝逐字清楚地說：

「叮咚，你、有、眼、淚、入、帳。」

三人連連用手掌抹去臉部周圍的水蒸氣，試著想確認冷卻器內部。稍後，冷卻器出現了完整的形體。艾瑪和海莉都嚇了一大跳，燒杯內有顆乒乓球般大小的寶石閃閃發亮。兩人先是互看彼此，然後同時望向了詹姆士，詹姆士不知在夾板上寫了什麼，面無表情地說：

「嗯，還不賴嘛。」

「所以說，那個長得像乒乓球的東西就是氣體眼淚吧？」

海莉帶著一臉好奇的表情問。

「準確來說是叫做『乾淚』。就像把二氧化碳冷卻後會變成乾冰，把氣體眼淚冷卻後，就會像那樣變成具有寶石形狀的固體，因此稱為乾淚。」

「所以那是多少錢？不對，先不說這個，究竟是誰為了我哭泣呢？」

詹姆士在筆電的鍵盤上敲打起來，黑色背景上的文字密密麻麻的，都是幾月幾日幾點幾分由誰傳送過來的相關數據。

「根據規定，我們無法仔細告知準確是誰、何時、為什麼，又為海莉流了多少淚，不過……嗯，這種情況還是第一次呢。」

「為什麼？出了什麼差錯嗎？」

艾瑪伸出頭想看一眼筆電畫面上跳出的文字。

詹姆士邊用身體遮住畫面邊說：

「眼淚的出處都是小狗。」

艾瑪將身體往後退，問：

「小狗？怎麼可能！聽說動物的眼淚跟情感無關啊？」

「從哪聽說的？」

艾瑪想起潔西說的話。

「總之，根據書上或科學家說的——」

「那種科學家當然不相信眼睛看不到的神蹟囉，他們就只相信眼睛看到、支持命題或假說的證據或公式，但假如世界就只按照科學家所說的運轉，想必『例外』與『奇蹟』這樣的字眼都必須消失了。這些狗的眼淚恰恰就是那個『例外』與『奇蹟』。」

艾瑪瞠目結舌地看著詹姆士發揮他那鏗鏘有力的口才。

「雖然我認為狗兒也有情感，但那在某種程度上是我個人的期望，可是這個真的……是哪些狗兒為了我哭泣、為什麼哭泣，又是何時哭的，實在教人好奇得受不了。」

海莉無法掩飾自己內心的感動與興奮。

「捐贈最多的，是從幼犬時期到過世、陪伴你最長歲月的巧可與雷歐，大部分是牠們心疼與擔憂海莉，還有思念的淚水。除此之外，有為數眾多的小狗為你流下了眼淚。儘管相較於人類的情感要微弱得多，因此金額並不是那麼高。」

海莉一聽到詹姆士口中說出巧可與雷歐的名字，瞳孔與臉部肌肉明顯出現顫動。此時，與狗兒共度的每一刻如膠捲般在她的腦海中播放，特別是聽到有許多思念的淚水時，她對狗兒感到愧疚極了。

海莉在心中一次又一次地懊悔：「牠們不知道等了我多久？我是不是老是讓牠們等太久了？我應該多多陪伴牠們的，早知道就多帶牠們出去散步一次，早知道就盡早回家……」

「你的氣體眼淚大約有淚珠幣五萬元，現在馬上就會轉入眼淚戶頭。」

詹姆士的話才剛說完，海莉的手機便發出「叮！」的通知音效。

「原來如此，有了淚珠幣五萬元，生病的狗兒都能接受手術了。」

海莉似乎無暇在意有多少錢入帳了，她看起來滿腦子都在想著巧可與雷歐，有氣無力地從座位上緩緩起身。

「布朗小姐，你還好嗎？要不要我攙扶你？」

艾瑪也跟著起身，在仍與她保持些許距離的地方伸出手。因為她看起來就像會立刻放聲大哭，整個人也像要癱軟在地。

「不，沒關係。今天……謝謝你……那我先走一步了。」

海莉鄭重地拒絕艾瑪的幫助，朝門的方向轉過身。

這時詹姆士說：「海莉．布朗小姐。」

海莉無精打采地轉頭看詹姆士。

「能當你的家人，我真的很幸福，你真的是個好主人。在我生病時，連衣服都沒穿好就急忙帶著我跑去醫院，徹夜照顧我、在我身旁睡著的日子也不計其數。當我高興時，你要比我更高興，每分每秒都為了我付出一切。我很愛那樣的你，所以並不討厭每天等著外出的你回來。不，我反而覺得很開心、很幸福。因此，請你千萬別感到痛苦，請別自責或懊悔，我會等待我們重逢的日子，在那之前，請你一定要幸福。」

海莉與艾瑪看著說出奇怪話語的詹姆士，瞪大了眼睛。

詹姆士毫不動搖地注視著海莉繼續說下去：

「包括澎咕、麥克斯、咕皮、艾莎、奶油、可可、貝拉、貝莉、史黛拉、蘇菲亞、喬伊、奇奇、莉莉、黛西、薇薇安、伊樂、摩卡、米希，最後還有巧可與雷歐的兩百三十隻小狗，假如牠們能說話，肯定會這樣說的，牠們會透過我的聲音傳達牠們的真心。此外，把動物視為己出的那份高貴的心，今天帶給我極深的共鳴，在此由衷感謝你活出了如此美麗的人生，布朗小姐。」

海莉癱坐在地上，開始嚎啕大哭，過去與她共度的無數狗兒的臉孔在腦海中閃現。詹姆士所說的那些話變成狗兒的聲音，在她的耳畔縈繞不去。就在此時，突然聽見了有女人扯開喉嚨大哭的聲音。海莉擦了擦眼淚，往旁邊一看，發現艾瑪哭得比自己更大聲。海莉看著她比自己哭得更傷心的模樣，忍不住笑了出來，艾瑪也因為哭到一半又笑的海莉而停止了哭泣。兩個女人抬頭望著靜靜觀望此景的詹姆士，接著三人看著彼此爆出大笑。海莉笑起來的樣子看起來格外幸福。

海莉離開後，實驗室內只剩下艾瑪與詹姆士。

「詹姆士，那今天的預約都結束了嗎？」

「今……今天的預約總共有兩個……所……所以還……還有一組……」

此時兩人共處一室，他又開始說話結巴了。詹姆士的手機突然鈴聲大作，接起電話的他臉色變得有些晦暗。

「是馬克斯組長，聽說抓到了追蹤一年的大規模揹客集團，他們是無惡不作的傢伙。可以想見鱷魚的眼淚數量會多到連地下廢水處理場都裝不下的程度，得去一趟了。」

艾瑪以激昂的口吻問：

「什麼？那這裡怎麼辦？還有一組預——」

也不知道詹姆士是什麼時候移動的，只見他已經跑到另外一頭，正在把出動時需要的物品全部塞進背包。在雜亂無序的背包內，有幾根試管露了出來。

「看到我剛才怎麼做的了吧？用壓縮棒吸出尼寶，再放進冷卻器。接著再按下祖母綠按鈕就行了。對不起，我先走一步了。對了，氣體眼淚一天只能查詢兩次，要是超過次數，累積的氣體眼淚就會全數蒸發，還請務必記得。就這樣。」

詹姆士揚起短袖白袍，飛也似地從圓柱門出去了。艾瑪感到措手不及，心想著該不該打電話給潔西，但她肯定與馬克斯一起出動到現場了。艾瑪一邊焦慮地咬著指甲一邊來回踱步，感覺時鐘的指針聲音聽起來要比平常更響亮了。

「要沉著冷靜，只要保持沉著冷靜，就不會有任何問題。我做得到。」

艾瑪不斷撫胸好幾次，自言自語。

這時門鈴聲響起，客人抵達了。艾瑪用員工證打開門後，一名中年女人進來了。頂著一顆凌亂不堪的爆炸頭、穿戴老舊不堪的皮鞋與皮包、穿著不合季節的衣服進來的女人，手忙腳亂地在翻找皮包。

「明明就放在這裡啊？」

女人在翻找皮包時把東西全都倒在地上，然後從中挑出了一個小馬口鐵盒。喀達，打開上頭有著涼爽太平洋圖片的鐵盒蓋後，女人把兩顆用海洋深層水製成的薄荷糖果塞進嘴裡，接著又把傾倒出來的物品一口氣擠回皮包。艾瑪幫忙女人一起整理物品，女人一邊將滑落臉頰的髮絲往後撥，一邊說：

「啊！我也真是的。對不起，不對，謝謝你。不，應該說『對不起』？總之這裡就是氣體眼淚查詢室嗎？」

「是的，沒錯。」

艾瑪請女人到裡面坐下，可是她的臉看起來卻莫名眼熟。

「瑪德？請問你是瑪德阿姨嗎？」

女人抬起頭看著艾瑪。微微皺起眉頭的她似乎沒認出對方是誰。過了幾秒鐘，她的雙眉緩緩舒展開來，眼睛睜大，嘴巴也跟著張開：

「你的名字是叫什麼，嗯……」

她用食指不斷朝天空指了指，努力想要記起名字。胖乎乎的手指很引人注意。

「艾……不是艾蜜莉，是艾……艾希莉嗎？也不對……艾……艾瑪！是艾瑪吧？」

艾瑪露出笑容回答：

「是的，好久不見了，阿姨。」

從「過得怎麼樣？」開始，到「怎麼會變成淚水管理局的職員？」「結婚了嗎？」「年薪領多少？」艾瑪回答了瑪德阿姨連珠砲似的提問。就這麼過了一會兒，回答完所有問題的艾瑪總算能夠開口問她好奇的事：

「可是你怎麼會來這裡呢？魯尼呢？」

瑪德聒噪不休的樣子消失不見，臉上瞬間蒙上了一層陰影。

「就是因為他來的，我們家魯尼生了點病。我本來也不知道，是在新制受訓那天才知道的。」

「新制受訓就到此告一段落，接下來會進行簡單的個人面談，因此請在各自的座位上等候。就先從瑪德小姐開始吧？」

蘇珊一邊翻閱金黃色夾板一邊說。

瑪德一臉問號，跟著蘇珊走進了位於角落的辦公室。

稍後，蘇珊在瑪德面前放了個粉色玫瑰環繞整個杯子的茶杯。熱氣裊裊上升，伯爵茶的佛手柑香氣溫暖地縈繞辦公室。

「終於給點像樣的東西了，噗里與塞爾凡給的東西真是糟透了。」

瑪德像在舉杯致敬般稍微舉高茶杯。

「能讓你滿意，真是萬幸呢。」

蘇珊看著把南非國寶茶果凍亂抓一氣後扔在地上的魯尼，詢問瑪德：

「孩子今年幾歲了呢？」

「上個月剛滿七歲，呼——」

瑪德一邊吹涼熱茶一邊說。

「七歲……他好像還不會說話。」

蘇珊小心翼翼地觀察瑪德的表情，因為不想破壞她的心情。

「他學說話比較慢，但還是經常喊『媽媽』。」

「原來是這樣，我看他身體到處都是瘀青，孩子是不是經常摔跤呢？」

「畢竟還是個孩子，大家都是這樣長大的嘛。」

瑪德不以為意地說。

「瑪德，你沒有想到魯尼和同年紀的孩子不一樣嗎？」

「沒有啊，他只是經常摔跤，學說話的速度慢了點罷了，我們家魯尼正常得很，他反而還比同年紀的小朋友更成熟。他擔心媽媽辛苦，總是面帶笑容，不知道有多討人喜歡呢。」

瑪德的眼眸猶如落日夕陽般熾熱地燃燒。

「雖然準確結果必須經過檢查，但在我看來，魯尼似乎生了點病。」

「生病？」

「魯尼從頭到尾都在笑，是一種發病症狀，也叫做過度發笑。換句話說，他笑並不是因為自己想笑，而是大腦的腫瘤觸碰到控制情感的下視丘所造成的症狀。下視丘不僅會對情感，也會對發育造成影響，因此四肢會感到無力，脊椎也會彎曲，所以才會經常摔跤，語言功能也會發生問題。按照醫學用語，又叫做『天使症候群』。」

「這是一種病嗎？」

蘇珊一言不發，只是微微點頭，瑪德蹙緊了眉頭。

「怎麼可能，愛笑怎麼會是病？我們家魯尼是個快樂幸福的孩子。他是因為天生就積極樂觀，才不是因為生病。」

瑪德的臉都漲紅了。

「首先，請到醫院接受精密檢查，聽聽專業醫師的看法吧。萬一醫生診斷魯尼的症狀無法透過藥物治療或手術好轉，往後不要說是無法靠眼淚獲得任何所得，甚至生命也可能會有危險。盡早接受檢查比較好，我會事先跟五號蒸氣隧道的社會福祉部聯繫。今天受訓已經結束，你們不如此刻就去一趟醫院如何？」

瑪德的雙臂無力垂下，沮喪地走了出來，魯尼則是不知發生什麼事，只是緊緊握著媽媽的手站著。

「啊……原來發生那樣的事啊。阿姨，我感到非常遺憾。魯尼的狀況怎麼樣了呢？」

「脊椎彎曲的角度超過一百零五度，內臟也因此都萎縮了，連飯都沒辦法吃。去年找了名氣響亮的醫生，特地千里迢迢跑到鄰國，接受了超過十六小時的大型手術，但那孩子的動作不知道有多激烈，就連代替脊椎的鈦棒都歪了，必須重新接受手術。醫療費已經是天文數字，我實在是撐不下去，沒辦法了才會來到這裡。」

聽瑪德說這番話，感覺她眼角的皺紋鑿得更深了。

「就我所知，社會福祉部有專為魯尼這樣的人設立的制度，但你完全沒有獲得醫療院減免嗎？」

「社會福祉部已經提供太多協助了，不單單是醫療費，就連生活費也提供支援，但那些在經過一定期間後，就會因為有新的患者而被排除在支援對象之外，現在最後剩下的希望，就只有氣體眼淚了。」

叮鈴鈴、叮鈴鈴鈴。

瑪德的皮包中突然發出響亮的音效，嚇得艾瑪差點「啊！」地驚叫出聲。瑪德不以為意地從皮包拿出手機，關掉了音效，接著從兩根指節大小的藥盒倒出三四顆在手心後，一口氣放進嘴裡，然後開始東張西望。艾瑪見狀，大聲呼喊噗里。

「噗里！進來！」

查詢室的門猛然開啟，噗里進來了。接過水膠囊的瑪德朝著膠囊「呼——」吹了一下，把上半部吹掉之後，把在下方晃動的水隨著藥丸一起咕嚕吞了下去。儘管艾瑪心想絕對不要做出詢問是什麼藥物的失禮舉動，但想是一回事，做又是另一回事。

「瑪德阿姨，你哪裡不舒服嗎？」

「這個？這是憂鬱症的藥物。沒什麼好擔心的，最近這瘋狂的年代，要找到不吃藥的人反而更難。」

瑪德的語氣雖然比想像中更稀鬆平常，但艾瑪總覺得她是故作堅強。

艾瑪察覺到瑪德的表情暗了下來，為了轉換氣氛，因此連忙轉移話題。

「可是阿姨你真的好了不起呢，聽說為了查詢氣體眼淚，光是申請文件就超過一百張，還得跟負責人見超過十次以上。」

「沒錯，真的糟透了。我想查詢親朋好友為了我流的眼淚，可是為什麼要經過淚水管理局的許可？這點我實在搞不懂。總之，繞來繞去，雖然費了許多時間，今天終於能查到了，實在萬幸啊。不瞞你說，過去我要關心的人可不是一兩個而已啊，生日、婚禮、葬禮、送別會等，種類就是用十根手指頭都數不來。你最好像我一樣先好好經營人際關係，總有一天這些都會獲得回報的。」

艾瑪突然回想起初次見到瑪德的那天，她忙著打電話關切好友們各種婚喪喜慶的模樣。艾瑪不由得心想，當時覺得太誇張、大費周章的人際關係，看來也不是那麼一無是處啊。

「來，那現在該怎麼做？我還得趕回去看魯尼才行。」

「要先找出阿姨你的尼寶，然後放進這個冷卻器。風很強，所以請你閉一下眼睛。」

艾瑪像在打掃般將壓縮棒搓了搓瑪德的髮絲與眉毛附近，經過她的右側眉毛時，告知尼寶進入機器內的藍燈亮起。

「好，現在可以睜開眼睛了。」

「傳聞還有人因為氣體眼淚拿到淚珠幣十億元呢，那是真的嗎？」

瑪德搓了搓雙手詢問，她充滿期待的眼睛閃閃發亮。

「不……不確定耶……」

艾瑪在回答時結結巴巴，接著小心翼翼地將壓縮棒放進冷卻器，按下按鈕。她以為會跟海莉那時一樣滿屋子都被水蒸氣籠罩，不自覺地縮起肩膀。

嗤——

不要說是水蒸氣了，整個空間就只聽見空氣從燒瓶抽出的聲音。艾瑪與瑪德目不轉睛地看著文風不動的燒瓶內部，屏息等待。

這時，人工智慧喇叭說了：

「你、沒、有、眼、淚、入、帳。」

聽到喇叭說的話後，瑪德露出不可置信的表情注視艾瑪。

「現在是出了什麼差錯吧，沒有眼淚入帳？不可能啊。」

艾瑪也認為是哪裡出了差錯。

「大概是我按錯按鈕了，我重試一次。」

艾瑪再次將壓縮棒插進燒瓶。她幾次精心調校，直到接頭部分準確插入並發出嗒的一聲，接著再次按下祖母綠按鈕。瑪德依然用非常期待的表情盯著燒瓶，但這次燒瓶依然沒有動靜。ＡＩ再次說：

「你、沒、有、眼、淚、入、帳。」

瑪德與艾瑪無法掩飾內心的困惑。

「這……這是怎麼一回事呢？」

艾瑪一下子不知如何是好，只好到處觀察冷卻器的按鈕，迴避瑪德的眼神。

「艾瑪，所以說，這機器現在說什麼？是說氣體眼淚一滴也沒有嗎？」

「那……那個……所以說……對……」

艾瑪以細微如螞蟻的音量勉為其難地回答。

「這說不過去！肯定是哪裡出錯了。我過去關照過多少人啊？明知我和魯尼的處境，可是卻沒有半個人為我哭泣？這說不過去嘛，你再試試看，只要再試一次——」

「很抱歉，瑪德阿姨。根據規定，一天最多只能查詢兩次。真的很抱歉，也很讓人惋惜，但似乎沒有入帳的氣體眼淚，對此我深表遺憾。」

艾瑪實在想不出該說什麼話。直覺告訴她，不管說什麼樣的話都無法安慰瑪德。瑪德突然發出怪異的聲音，開始啜泣。

「嗚……嗚嗚……啊啊……」

艾瑪趕緊起身去拿衛生紙，後頭傳來的哭聲不見停止，不，反而哭得更激烈了。

「阿姨，給你擦一下眼——」

艾瑪看到瑪德的臉之後很錯愕，因此話只說了一半。

因為她的臉非常乾爽，即便說是剛剛才化好妝也不為過。都哭得那麼傷心了，可是臉上卻沒有一滴眼淚落下的痕跡。就連艾瑪拿著衛生紙呆呆地望著瑪德的當下，她也分明在哭，而且是不停捶胸、痛苦地放聲哭喊。

艾瑪不知如何是好，想著：「阿姨一定失望極了，可是為什麼一滴眼淚也沒有落下呢？都哭得那麼傷心了……」

此時此刻，艾瑪什麼也不能為瑪德做，她只能靜靜地等待瑪德的情緒鎮定下來為止。不知道哭了多久，大概是情緒稍微鎮定了，瑪德的呼吸聲也平穩下來。

「你還好嗎？」

艾瑪揉了揉額頭，以安撫的語氣問。

「你看到了吧？我沒辦法流眼淚。聽說是憂鬱症藥物的副作用，醫生說沒有治療方法。明明腦袋與胸口都在滾燙地哭泣，可是眼睛就是流不出眼淚。動完手術後，魯尼全身掛了超過十根的管子出來，那小小的身軀哪裡有插針的地方呢？我有多心碎啊，但還是流不出眼淚，所以最終只能因為錢來到這裡……」

「藥物是從什麼時候開始服用的呢？是因為魯尼嗎？」

「不是因為那孩子，是從魯尼來到世上之前就開始吃了。我從小就嚴重缺乏關愛，所以對人際關係懷有強迫症。我先主動對朋友們付出、表達關愛，這種行為就叫做『積德』吧？總之我迫切地期望經過時間流轉，終有一天會為我帶來好事，但原來別人並不會給我同等的回報啊。就是從那時開始的，我深愛著人們，同時又開始厭惡他們。醫生診斷我罹患憂鬱症，要我試著專注在人以外的事物上。醫生的本意應該不是那樣，但我開始把焦點放在結婚成家這件事上，與魯尼的爸爸結了婚。

「我期待往後會有人永遠與我站同一陣線，也不會再感到孤單，但那是多麼愚蠢的錯覺啊。家人能填補的孤單是有極限的，剛開始我認為是丈夫不努力，認為是他變了，我每天每天埋怨他、跟他爭吵……最後在短短一年內，就只剩下我與魯尼相依為命。那時我才恍然大悟，能真正理解我內心孤單的深度與廣度的人，在這世上就只有一人，那就是我自己。儘管理智上知道自己是多懦弱的人，但在慣性這個龐大的力量面前，卻猶如在風中飛舞的蒲公英孢子。我再次為了人際關係拚命，又對人們產生了期待，企盼總有一天我付出的心意、真心與愛能回到我身上……但是，看看我今日可笑的狼狽樣。」

「阿姨……」

艾瑪感到既傷心又鬱悶，整顆心彷彿都揪在一起了。就像親眼目睹瑪德的往日經歷般，艾瑪的心情與她的心境產生重疊。

「魯尼此時一定盼著我去醫院，我跟他勾手約定了要籌手術費回去，可是……嗚……嗚……啊嗚……嗚嗚嗚……啊啊……」

瑪德的情感比剛才更劇烈，她輪流拍打桌面與胸口，最後整個人從椅子上滑下來，趴在地上痛哭。

瑪德沒有眼淚的哭聲讓人更加難受。艾瑪似乎越來越深入到自己過去沒有參與的那些日子裡，就像前往他人的人生旅行的時間旅人，艾瑪同樣站在瑪德的痛苦之上。

艾瑪的喉頭有股滾燙的東西湧了上來，她可以感覺到緊抿的雙唇與下巴開始在顫抖。

艾瑪全身打著哆嗦，握住了正在嗚咽的瑪德的手。

「阿姨，過去你該有多辛苦啊，過去該有多孤單啊。」

艾瑪將瑪德緊緊擁入懷中，同時溫柔地輕撫她的背部。

「想要魯尼好起來，在那之前阿姨必須先健健康康的才行。因為你是一名孩子的母親，而不是因為那孩子病了才非得堅強不可。現在是阿姨疼愛自己的時間了。阿姨也請安慰過去沒有體認到，或者是刻意視而不見、不加理會的生病的心吧。請你給她一個溫暖的擁抱，對她這樣說——『過去的某一天，令自己痛苦一輩子的那天，儘管當下沒有意識到那樣的心情，儘管遲了，但幾年後的現在我會為了你哭泣。你該有多辛苦啊，一個人該有多煎熬啊，就算其他人都不明白，我都了然於心，哪怕是再微不足道的部分也全都明白，因為我就是你。沒關係，現在都沒事了。今天的我會像這樣大大地張開雙臂擁抱你，陪你一起傷心，還有從明天開始會陪你一同歡笑。讓曾經萎縮蜷曲導致難以呼吸的心全然敞開，大大地做個深呼吸吧。請你變得安然自在。你是僅僅存於世上就過於美好的人，你具有充分愛自己的資格。請你呵護、愛護自己，勝過世上的一切。』」

艾瑪對自己說的話感到吃驚。「我究竟在說些什麼呀？原來我也能說出這樣的話來？」她整個人頓時懵了。

就在這時，瑪德萌生了一種很怪異的心情，是與在此之前截然不同的感覺。她能感覺到喉頭有一團東西，全身也漸漸發燙。接著，她發現那股滾燙的感覺轉換成液體，沿著雙頰流了下來。艾瑪感覺到有種熱熱的東西流到自己背上，於是鬆開緊握的手注視瑪德。瑪德的雙眼不間斷地凝結出熱淚，不停流淌下來。真令人難以置信。艾瑪看著這樣的瑪德，彷彿颱風來襲般的緊張、悲傷及驚訝，使她突然淚如雨下，就算她再怎麼想忍住也拿那些眼淚沒辦法。

這次換艾瑪有種奇異的感覺，因為她並不覺得眼淚有滴落在地上。她的眼淚一奪眶而出，隨即變成水蒸氣，被吸入了燒瓶中央。冷卻器開始噴發水蒸氣，漸漸變得越來越多，直到眼前看不見，也讓人難以呼吸。這些水蒸氣不僅環繞艾瑪與瑪德的全身，還填滿了整間實驗室。

「艾瑪，煙霧太多了，好難呼吸啊，你趕緊把冷卻器關掉吧，咳咳。」

艾瑪擔心瑪德沒站好會受傷，因此用手環住她的身體，告訴她馬上就會結束，讓她安下心來。

過了一會兒，水蒸氣一點一點消散在大氣中。

「阿姨，你還好嗎？請牽著我站起來。」

「咳咳，我沒事。」

瑪德在艾瑪的攙扶下好不容易起身，兩人一看到冷卻器內部都嚇壞了。

燒瓶內，青綠色的乾淚散發出隱約可見的煙霧，閃閃發亮著，看上去就像一塊祖母綠寶石。

這時，ＡＩ喇叭大聲地一字一字說：

「叮咚，你、有、眼、淚、入、帳。」

告知艾瑪的眼淚入帳的通知響了起來，同時，瑪德的手機也跳出大大的通知視窗。

〔淚水管理局〕眼淚處理結果通知

親愛的瑪德·庫克斯，閣下的眼淚被評定為「安慰過去的自己、愛自己的感動之淚」，已依以下資訊支付給你。這份禮物是為你迎接全新人生所給予的祝賀與支持。此外，我們也為你正視內心的勇氣與耐心，表達至高無上的敬意。

■受理編號：650000231231

■支付金額：淚珠幣十萬元

過了午夜十二點，艾瑪坐在床上，處處繡有青麥的棉被發出沙沙聲，讓人覺得舒適極了。床是她最鍾愛的空間，就算在床上摔了跤、倒在床上了，既不疼也不會受傷。因為有棉被與枕頭溫暖地裹住受傷的身心，所以床成了最令人安心的空間。大概是這樣吧，所以她不是坐在書桌前，而是坐在床上翻開了筆記本。她果敢地翻過上次寫到一半沒填完欄位的部分，把鉛筆芯點在乾淨的頁面上。她思考了半晌。

「就別給自己太大的壓力吧，我太把想法侷限在最後一次為自己哭泣上面了。放輕鬆吧，艾瑪，想寫什麼就寫什麼吧。」

艾瑪安慰自己，調整了握筆的方式，她下定決心，從今天發生的事情開始寫起：

今天……見到了許久未見的瑪德阿姨。雖然不敢說自己對阿姨過去的人生經歷都能感同身受，但我的心真的好痛。阿姨一個人該有多辛苦啊？希望不管是阿姨或魯尼都能盡快好轉，獲得幸福。剛才真的太吃驚也太措手不及了，對阿姨說的那些話實在太陌生了，完全不敢相信是從我口中說出來的。我竟然會說那樣的話……

艾瑪暫時將視線從筆記本移開，試著細細咀嚼自己對瑪德說的話，接著她開始一點一點寫下記得的話：

這是疼愛自己的時間。請你安慰自己過去沒有體認到，或者是刻意視而不見、不加理會的心，給她溫暖的擁抱吧。過去的某一天，令自己痛苦一輩子的那天……

鉛筆停了下來，艾瑪再次讀了讀最後一行：「過去的某一天，令自己痛苦一輩子的那天……」

猶如顏料在透明的水中擴散開來，某天的記憶也在艾瑪的腦海中緩緩地渲染開。是那天，艾瑪意識到，就是從父母過世的那天開始，她再也沒有為自己哭泣，而是近乎病態地只為他人哭泣。艾瑪非常清楚自己何以做出那樣的決心。只是，如此長久持續的那份決心，卻在某一瞬間開始變成龐然巨物，大到足以忘了自己，無從得知是從何時開始的。艾瑪再次提筆書寫，寫的速度逐漸加快，情感的波動大到連鉛筆也跟不上。

十七歲的我在那天立下的決心，沒錯，是我決心那樣過生活，可是我卻沒意識到長久以來未能好好照顧自己的事實。在這世上，比任何人都了解自己的我，就連每一份極為細微的心情都再清楚不過且深有共鳴的我，就這樣一路遺忘了自己。真的很抱歉。就這樣錯過了你的每一刻，沒有與你同行，你一個人有多痛苦呢？肯定是想哭也哭不出來吧？因為我沒有陪伴你度過每一刻……

印有黃金葛的筆記本上，寫滿了艾瑪給昔日自己寫的信件。艾瑪的肩膀與背部開始微微顫動。

我未能及時察覺的那些無數日子，盛裝在那時光的心情……雖然知道已經太遲了，但今日的我，能為你哭泣嗎？

艾瑪的雙唇顫抖不止，拿著鉛筆的手也暫時停了下來，看上去就像在等待某人的回覆。一秒、兩秒、三秒。

嗚哇，她哭了出來。她肯定是聽到了往日的自己回答：「好的。」無法控制的激烈情感釋放了她那被緊緊綑綁的理性。她的哭聲更為響亮了。

「對不起……丟下你一個人……讓你孤單……往後我會張開雙臂，給你一個大大的擁抱，還有從明日開始，我會陪你一同歡笑。」

艾瑪的淚水滴落在棉被的青麥刺繡上，看起來猶如凌晨時分凝結的露珠。艾瑪趴伏在床上，積壓多時的淚水都傾瀉了出來。她的床鋪，今天格外的讓人感到安全、溫暖。

10 夜空之藍

克萊兒．強森是個撫養六歲女兒歐若拉的職場婦女，也是湖丘醫院的小兒科專科醫師。她一天的工作可說是相當單純，卻也相當複雜。清晨時分起床，整頓凌亂不堪的家裡，準備早餐後，接著要讓孩子準備上學，自己也要準備去上班。如果恰好又碰上有複雜手術或要查找資料，就連這些事情也做不成。等女兒從幼兒園回來後，讓孩子吃點心、陪孩子玩耍、哄孩子睡覺等事，就交由住在車程五分鐘距離的克萊兒母親幫忙代勞。

克萊兒總對歐若拉感到十分抱歉，她沒辦法像其他媽媽一樣去接孩子放學，也沒辦法經常跟孩子天南地北地暢聊，問她今天在幼兒園玩了什麼，又或者是坐在遊樂場的長椅上與其他媽媽閒話家常，中途時而朝著盪鞦韆玩耍的孩子揮手。或許就是這樣吧，她希望至少在早晨可以全心全意地對待孩子，只是做起來沒想像中容易。輕輕拍撫睡醒後哭鬧著說不想起床的孩子、讓孩子乖乖去盥洗成了一場惡夢；孩子說不想穿，所以替孩子更換超過十次的衣服，成了比走秀後台更忙碌的戰爭；孩子把媽媽精心製作的早餐一口吐掉，不然就是逃得遠遠的不肯吃飯，猶如把她的身體拿去蒸炒煮燙的地獄。

難的還不只有家事。人們都以為小兒科醫師工作很輕鬆，只要手裡拿著上面有可愛卡通人物的筆，往哭鬧的孩子們手上放幾顆糖果就行了，因為在克萊兒成為醫生之前，她也是這麼想的。可是，這樣的想法在她成為醫生後就粉碎了。她必須將「時間所剩不多了，你得做好心理準備」、「宣告死亡」等話語時時掛在嘴上，也必須全盤接受父母因憤怒與悲傷而失去理性時，說出口的穢語與暴力，這即是大學附屬醫院小兒科醫師的現況。

在最適合實踐全新計畫的星期一早晨，她必須對前來聽取檢查報告的父母說：「你的女兒最多活一年，但是短的話，就算今天離開也有可能。」站在同樣撫養子女的立場上，她明知聽到這些話有多令人痛苦煎熬，但還是不能不說。因為此時此刻，在這裡的她並不是一位孩子的母親，而是醫生。克萊兒堅定認為那是自己該做的事，這樣做也才是正確的。

「Code Blue*、Code Blue。」

告知有心臟驟停患者的醫療代碼透過廣播傳了出來。克萊兒的直覺告訴她，肯定是三〇六號的艾比蓋兒。她朝著病房全速奔跑，腦中頓時千頭萬緒。雖然她比預想撐了更長的時間，但不到三小時前克萊兒才說了「可能很難度過今天」。

率先抵達病房的醫生與護理師先實施心肺復甦術，家人們也互相靠著彼此哭得很傷心。孩子的奶奶一看到趕忙跑來的克萊兒，就舉起雙手求她救救自己的寶貝孫子，其他家人也跟著哭得一把眼淚一把鼻涕，緊抓著克萊兒不放。她掙脫那些沉重掛在自己雙臂上的手，將步伐移向病床。儘管有三名醫生在輪流進行心肺復甦術，但艾比蓋兒的心臟依然毫無反應。

「讓我來。」

克萊兒一接手，滿身汗涔涔的其他醫生便將手移開。轉眼間心肺復甦術已進行二十分鐘，所有醫療人員都明白再堅持下去並沒有意義，他們都只是在等待主治教授克萊兒喊停罷了。克萊兒竭力無視那些眼神，再次爬到病床上替孩子壓胸按摩心臟。心肺復甦術實施三十分鐘，心電圖上的白線依然冷酷無情地維持直線。克萊兒也明白如今自己已無能為力，她深深地吐了口氣，收回了交疊覆在孩子胸口上的手。孩子的父母跑來了病床邊，他們抱著臉上掛著天使般微笑、靜靜沉睡的孩子，發出尖銳刺耳的悲鳴。克萊兒

*譯者注：意指有危及性命，需要支援緊急搶救的病患。

不斷地清理哽住的嗓子，確認時鐘。

「不行……艾比……快睜開眼睛……睜開啊……不行……」

聽到家人們傷心欲絕的哭聲，她無法輕易地開口。看到媽媽摟抱孩子的模樣，她的眼前也跟著模糊起來。再也感受不到孩子體溫的空虛感與讓孩子先走一步的自責感，假如此時躺在那病床上的孩子是我的女兒，而我是那孩子的母親呢？克萊兒感到頭暈目眩，眼眶也跟著滾燙起來。這時，克萊兒的理性亮起了燈，她大力地甩了甩頭，使力綁緊了過度越界的情感之線。她在內心反覆說著相同的話：

「提起精神來，克萊兒。你在當母親之前是名醫生，這裡可是醫院，你絕對不能哭。要是你哭了，看著你的實習生、住院醫師、護理師是能學到什麼，患者的監護人又會做何感想，他們要如何信賴情緒化的醫生，將自己的孩子交付給對方？因此你無論用什麼方式都得忍住。現在你該做的是死亡宣告，只要想這麼一件事，其他的都別想。把情感那種玩意暫時拋開，你得冷靜下來。死亡宣告、死亡宣告、死亡宣告。」

克萊兒瞬間換上了冰冷的表情，這次開口時她沒有半點猶豫：

「二〇四〇年十一月二十四日，上午十一點三十六分，艾比蓋兒‧米勒死亡。」

家屬們哭得更肝腸寸斷、更大聲了。克萊兒沒有流下一滴眼淚，她只是一臉冷冰冰地站著。

就在此時，她感覺到在打開一條縫隙的病房門外有道陌生的視線。從她沒有進入病房也沒有哭泣看來，想必不是孩子的家屬，大概是到其他病房去探病的人，但她盯著自己的目光卻灼熱尖銳得教人發寒，彷彿是在給自己定罪似的。她聽見了無聲的訓斥：

「對你這樣的醫生來說，死亡就是這麼稀鬆平常的事吧？話雖如此，人都死了，你怎能夠這樣？真是太冷血了！」

克萊兒將滑至鼻梁下的鏡架往上推了推，用眼神正面回擊。

「我也是個人，醫生也是人。怎麼可能因為每天目睹死亡就變得習以為常？拜託你別用那種眼神看我。我也很辛苦，我也是好不容易才忍住的……」

陌生的女人不知是否施展了讀心術，只見她嚇了一大跳，接著便消失在視野中。

累成一灘泥回到家的克萊兒費力脫掉鞋子，走進了客廳。像今天這種一整天感覺很漫長的日子裡，她產生了想回到婚前的念頭。但絕對不是因為與家人之間失和，只不過婚後少了可以放心哭泣的地方。

一個人住的時候，回到家就可以放聲嚎啕大哭，既可以在浴室哭，也可以在房裡哭；可以在用餐途中哭泣，也可以刻意聽著悲傷的音樂，讓心情悲上加悲。只要毫無顧忌地大哭一場，整個人就會通體舒暢，沉重的心情也變得輕盈起來。到了隔天，她又有了到醫院上班，告知病患來日不多的消息及做死亡宣告的力量。

但如今她再也沒有可以讓自己盡情哭泣，直到心情舒暢為止的空間。要是在家裡哭成那樣，不消說，家人肯定會憂心忡忡地關切發生什麼事，其中最教人擔憂的莫過於女兒歐若拉。在還是小不點的孩子眼中，媽媽的存在是龐大且堅強的。在名為世界的戰爭中，媽媽是守護自己直到最後的盾牌兼要塞，可是要是媽媽哭了，孩子會感到多不安與害怕啊？

克萊兒一直很努力想要在家裡與醫院以外，找到能盡情哭泣的地點。人跡稀少的路旁、車內、公車最尾端的座位、電影院、公廁、公園長椅、凌晨時分漫步的江邊，但即便是再冷清的地點，仍會因為怕有誰會靠近或被誰看見，無法全然專注在情感上。如此這般，一點一點釋放卻未釋放完全的殘餘物，猶如廢棄物般在體內慢慢累積，就連她自己也能感受到那情感廢棄物教人吃力的重量。

克萊兒看了一眼掛在廚房一隅的ＬＥＤ掛鐘，晚間七點四十分，媽媽送歐若拉回家的時間通常是晚間八點，還剩下二十分鐘左右。能哭得出來嗎？克萊兒判斷二十分鐘足夠哭一場，小心翼翼地走向了主臥房。她也沒開燈，就這樣經過化妝檯與床鋪，走向了最邊邊的角落，將背靠在天鵝絨遮光窗簾旁的牆面上，彷彿整個人滑落般坐在地上，然後用雙臂摟住了膝蓋。接著，她依序回想一整天發生的事情，開始宣洩沒有及時釋放的情感殘餘物：

「今天是格外疲累的一天。上午十點我將檢查結果告訴了來自菲利浦島的家庭，我說孩子的腹腔有積水，壓迫到周圍的內臟，導致呼吸困難，往後腹水覆蓋的範圍會更廣，孩子沒辦法度過這個月。孩子的母親跪下來求我，要我救救她的女兒。同樣是媽媽，我非常理解她的心情，內心也很沉痛，但我說出了身為醫生的意見。我這樣做是對的嗎？是不是說得太過冷靜無情了？我應該可以說得更婉轉，可以不必講那麼詳細的。

「上午十一點，有個先前送走因病離世的妻子、獨力撫養女兒的爸爸進來診間，當我說出孩子患了白血症時，他的表情是什麼樣子的？他那原本就已瘦削如柴的臉龐，在聽完我說的話後更顯淒涼了吧。

「還有，除此之外……勉強才安撫沒有胃口的自己，打算吃一口三明治當午餐，卻突然得跑去做死亡宣告。二一五號病房的露西婭，舉高插了整串線的纖細手臂比出心形的孩子，上週她才把寫有『醫生謝謝你』、字體歪七扭八的手寫信件交到我手中，但今天我……我卻親手送走了那樣的孩子，親口決定了那孩子的最後一刻。」

克萊兒覺得越來越無法呼吸了，彷彿有眾多沉重的石塊壓住自己的肺，再也不肯讓氧氣有機會通過。儘管如此，她那毫無慈悲的大腦又持續不斷地讓她想起煎熬的瞬間，第二次進行死亡宣告時的艾比蓋兒的臉，在她的腦海久久揮之不去。

「早知道就在今天離開之前再去探望她一次，早知道就再多開一顆止痛藥或再牽一次她的手，我不該就那樣送走她的……」

她用單手緊抓著襯衫胸口的裝飾，另一隻手則像是在扒抓房間地板似地揮舞，同時哭了起來。房間地板上就像是繡上了淚珠狀的紋路。倚靠著牆面帶來的安心感，無須為誰會跑來而提心吊膽的封閉場所，在以哭泣來說最為完美、屬於自己的空間內，她放寬了心，好好地宣洩了情感的殘餘物與其中的廢棄物。

這時房門突然大敞，女兒歐若拉進入房內。

「媽媽！」

假如在這世界上就只能在一個人面前隱藏淚水，克萊兒會毫不猶豫地選擇女兒歐若拉，可是偏偏在這一刻，她瞬間清醒過來，傾巢而出的淚水全部收了回去。她趕緊擦了擦自己的臉，用手梳整自己的頭髮。

衝進克萊兒懷裡的歐若拉說了：

「媽媽難過嗎？為什麼哭？」

「媽媽沒有哭，是歐若拉看錯了。媽媽只是休息了一下，沒有哭。」

克萊兒沒辦法正視歐若拉的雙眼，只好看著下方四十五度角說。

「真的嗎？」

「對呀，是真的。媽媽為什麼要哭？有這麼漂亮的女兒耶，媽媽真——的好幸福，所以不會掉眼淚。」

歐若拉的一雙大眼睛閃閃發亮，仔細觀察著克萊兒的眼睛，接著她用手指著媽媽的眼睛說：

「騙人！」

「媽媽沒有騙你，是真的。」

克萊兒嚥了嚥口水。

「媽媽……」

「嗯？」

「哭也沒關係！」

「什麼？」

「我說哭也沒關係！我們老師說，傷心的時候哭是很自然的事情，說是這裡叫我們哭的！」

歐若拉張開五根手指頭，輕輕擱在媽媽的鎖骨上。孩子軟呼呼的小手傳遞出暖意，克萊兒的眼眶再次盈滿淚珠。

「我的寶貝女兒長大了呢，還知道該怎麼安慰媽媽。不過媽媽哭不出來，不，是不能哭。」

「為什麼？為什麼不能哭？」

「因為媽媽是大人，還有因為媽媽是醫生，還有因為媽媽是媽媽……」

「才不是咧。」

歐若拉使勁搖頭。

「不是什麼？」

「大人也可以哭，醫生也可以哭，還有媽媽也可以哭。因為、因為人都可以哭，要是不哭就會生病。不可以生病。這裡會痛痛的……」

歐若拉再次用小小的手掌按壓克萊兒的胸口中央。當孩子的手一觸碰到胸口，克萊兒的心臟彷彿凍結似地，接著很快便感覺到它劇烈地跳動。她很感謝六歲女兒的安慰，對於女兒因為自己而早早變成小大人感到抱歉，也對孩子說的話帶來反思的共鳴而感到詫異。

「謝謝你……我的寶貝……」

克萊兒緊緊地擁抱歐若拉，歐若拉也緊緊地摟住克萊兒的脖子。或許在這個夜晚，是歐若拉穩穩地接住了媽媽。

艾瑪正拚命地跑向醫院，因為收到魯尼病危的消息。瑪德在過去六個月期間持續與艾瑪保持聯繫，她說服用的憂鬱症藥物減量了，如今也能依據情感的濃淺而流下眼淚，也提到多虧了這樣，她才能籌措魯尼的手術費，高興得整個人都快跳起來了。就在一切都逐漸恢復穩定的星期四午後，在進行二度脊椎手術的前一天，魯尼似乎為獨自的漫長旅程做好了啟程的準備。

當艾瑪氣喘吁吁地站在病房門前時，瑪德正與醫生們爭執不下。

「他究竟為什麼會這樣？」

魯尼戴著呼吸器，面色蒼白地躺在病床上。瑪德寫滿心疼的眼神顯得更加黯淡。

克萊兒從耳朵拔出聽診器，低聲說：

「魯尼媽媽，就像上次跟你說的，魯尼沒有力氣再接受治療了。看來明天的手術似乎有困難，還有現在最好做好心理——」

瑪德打斷克萊兒說話：

「你在說什麼啊？孩子明明就還好端端的。」

「麥克．柯林醫師，魯尼上午的狀態如何？」

克萊兒朝著在她身後站成一排的住院醫師之中的一人問。

「跟平時差不多……」

個子十分矮小的男人察看瑪德的眼色回答。

「哪裡差不多了！他明明呼吸就很正常，臉上還笑咪咪的！你們只是短暫來看一下，當然不知道，我可是一整天都看著他。」

瑪德神經質地說。

「我們今天會一整天輪流守護魯尼，一秒也不會落下，之後我們再談吧。」

克萊兒轉身朝醫療團隊使了個眼色，接著醫生與護理師全都點點頭，各自迅速地在手冊上做紀錄。

瑪德惡狠狠地瞪了一眼醫生們後便把視線轉向魯尼，看起來就像快哭了。

「魯尼呀……魯尼呀……你哪裡不舒服，跟媽媽說一說，好嗎？」

瑪德對著沒有回答的魯尼一問再問。

注視瑪德片刻的克萊兒轉身走在前頭，除了麥克．柯林醫師，剩下的人也魚貫跟著走出去了。克萊兒一看到站在門前的艾瑪，頓時覺得她看起來很眼熟。

「那個看我很不順眼的表情，上次好像也有人那樣看我……」

她隱約地對艾瑪產生戒備，走出了病房。

艾瑪則是避免發出腳步聲，躡手躡腳地走向魯尼躺著的病床。兩年不見的魯尼瘦得不成人形，連話都沒辦法說。他的模樣不只是瘦削，而是讓人感覺到身上沒有半點肌肉組織，徹底瘦成了皮包骨，昔日露出燦爛笑容時八顆牙齒一覽無遺的模樣也不復見。他只是將自己生命的最後託付給呼吸器，勉強地延續生命罷了。纖細的雙臂上插著密密麻麻的針，讓人看了覺得自己的手臂都刺痛了起來。

「艾瑪你來啦。」

瑪德費力地撐起身體。

「你坐著就好，阿姨，你現在看起來很疲累。」

艾瑪溫柔地在她的肩頭上輕輕按壓。

「接到我的聯繫時嚇了一跳吧？我一時暈頭轉向，也沒人可以聯絡，最先想到的人就是艾瑪。你應該很忙碌，真是抱歉啊。」

「請你別這樣說，我不是說了，無論你何時需要協助，我都會為你效勞嗎？」

「我們魯尼……可憐的小傢伙……我的寶貝……都是我的錯……」

「阿姨也知道這不是你的錯呀，請你別自責了。」

「魯尼真是個傻子，護理師一天會用粗針扎個十五次抽血，新來的護理師找不到血管，因此扎了好多次，他也還是咬牙忍著。因為怕我會擔心他，就算疼了也面不改色地忍著，真是太傻了。」

瑪德的眼角變得溼潤。艾瑪溫柔地輕撫她的肩膀，給予安慰。瑪德將自己的手覆在艾瑪的手上頭，說了：

「艾瑪……我還沒準備好要送走魯尼……我太害怕了……我希望能代替他生病，希望我的寶貝能活得比我更長久、更幸福……我太自私了，對吧？」

「……」

艾瑪想不出適當的回答，實在無法脫口說出：「魯尼會沒事的！」她擔心一句不負責任的話會讓瑪德更受傷。

這時，魯尼的脈搏測量器掉至三十以下，開始鈴聲大作。瑪德連忙按下魯尼枕邊的紅色緊急按鈕。三名在附近的護理師與麥克．柯林醫師飛也似地衝了進來。麥克即刻實施心肺復甦術。他將雙手覆在消瘦得連一個巴掌都不到的魯尼胸口正中央，以一定的間隔按壓，同時對護理長海倫說：

「請呼叫克萊兒教授，趕快。」

海倫一個箭步飛奔出去，剩下的兩名護理師則著手設置心臟電擊器。艾瑪退到後方，替腳步踉蹌的瑪德支撐身子，要是自己把手抽出來，瑪德肯定會整個人往後直接栽在地上。

麥克・柯林施行超過十分鐘的心肺復甦術後氣喘吁吁。呼呼……呼……儘管那呼吸讓人聽了都覺得急促，但他仍不停止動作。此刻脈搏測量器以更高的分貝告知魯尼的死期將至。這時克萊兒衝進了病房。她接過長得像熨斗般的心臟電擊器，大喊：「一百五十焦耳！」海倫剛把數字調到一百五十，克萊兒隨即對瘦成皮包骨的魯尼胸口上給予電擊。砰，魯尼輕盈的身子彈至空中，然後再次降落於病床。脈搏雖然有那麼一秒鐘看似上升，但又再次畫出了上下顛簸、不穩定的拋物線。克萊兒再次在電擊器上平均抹勻凝膠，大喊：

「兩百焦耳！」

砰，魯尼的身體再次往上彈起又落下。這時，脈搏測量器殘忍地發出了再清晰不過的聲音：

「嗶——」

魯尼的心跳停止了，忙碌奔波的醫療人員也定在原地。

摀嘴發出悲鳴的瑪德甩開艾瑪的手，衝到魯尼面前。

「魯尼！」

瑪德將魯尼的頭部擁入懷中，發出悲慟的吶喊。在病房內的這些人之中，沒有人有任何動作，有人用不忍的眼神望著瑪德與魯尼，有人則是注視天花板重重地嘆氣。原本因急忙搶救而熱氣蒸騰的空間在一瞬間凍結，讓人感覺到一股涼意，只有瑪德痛苦的咆哮聲在病房內迴盪。艾瑪低垂著頭，緊抿雙脣，避免自己哭出聲來。感覺聲音就要從雙脣之間溜出去了，但還是竭力忍了下來。她總覺得自己非得這麼做不可。稍後，瑪德的哭聲之上摻入了其他人的哭聲。

「嗚嗚嗚……」

啜泣的音量與瑪德不相上下，聽起來痛苦萬分，那個逐漸激昂的聲音費力地開口：

「二〇四一年……十月二十七日……下午三點……四十九分……魯尼．庫克斯……死亡……」

聲音的主人正是克萊兒。剛做完死亡宣告，她隨即無力地癱坐在瑪德身旁痛哭失聲。共事的醫生與護理師都露出了驚慌的表情，因為這是克萊兒．強森教授頭一次在醫院，還是在患者面前落淚。

「各位觀眾，歡迎收看今天的九點新聞台，我們邀請到擔任淚水管理局局長的雷蒙・派爾頓先生。你好呀。」

在有數盞燈光閃爍的攝影棚內，身上穿著酒紅色夾克的主持人看著雷蒙寒暄。

「大家好，我是淚水管理局的局長雷蒙・派爾頓。」

「局長，幸會，聽說你今天前來，是為了聊一聊非常特殊的眼淚。真的很令人好奇呢，就請你親自為各位觀眾介紹吧。」

「今天要向各位介紹的眼淚是『夜空之藍』。當人類感受到極度悲傷的情感，當摯愛離去時流下的眼淚，就是『夜空之藍』。據說自古以來，神明居住的夜空就不是黑色，而是青色的。此外，不分東西方，都很詩意地將人的死亡形容為『成為天上的星星』。

「你或許很難想像，不過流入管理局的數億滴眼淚，每十五秒就有一滴是『夜空之藍』。亦即，是某個人的摯愛化為了夜空的星星。十二、十三、十四、十五，即便是我在數數字的此時此刻也不例外。當眼淚被評定為『夜空之藍』，它的金額是超乎想像的。失去深愛的家人，那是難以用任何詞彙形容的悲慟。可是，那麼多的金錢真能撫慰他們的痛苦及傷痛嗎？主持人你怎麼看呢？」

雷蒙突然拋出問題，主持人慌張地回答：

「啊……這個嘛，真是個困難的問題呢。依我所見，無論拿到再多的錢，似乎也無法取代失去至親的悲傷呢。你覺得我的回答如何呢？」

「答案是不可知。一般人就算給他億萬鉅款，也不願意跟家人交換。他們可能會認為，我深愛的人都死了，金錢還有什麼用處。但是先走一步的父母或子女，絕對不會希望剩下的家人繼續悲傷、活在痛苦之中，而是希望他們能活得比任何人都快樂幸福；偶爾，也回想與自己昔日共度的時光。對某些人來說，那筆金錢成了活下去的原動力。

「此時此刻，你是否先送走了摯愛？你的內心有多疲累，又有多痛苦呢？我不會說出『請你加油』『一切都會好轉的』『時間即是良藥』這類不負責任的話。或許往後會更加辛苦。本來生活得好好的，卻突然生起氣來，說不定還會否認那個人離去的事實。你可能會自責，認為一切都是自己的錯。這些讓人心累的日子會偶爾，或者時不時就找上門，令你整夜痛徹心扉、辛苦難受，但請你記住這點——我們淚水管理局會提供協助，絕對不會讓各位獨自承受那份傷痛。我們會時時佇立在此等候你，與各位一同前行。因此，請各位也務必惦念著成為夜空之星的摯愛，感受幸福，請你努力變得幸福，請活下來，堅強地活下來。謝謝各位。」

瑪德正在做最後的道別。闔眼的魯尼，面容要比任何時候都要安詳。

「魯尼啊，我愛你，媽媽真的很愛你……謝謝你來當我的兒子。因為媽媽什麼都做不好、太沒用了，讓你吃了許多苦吧？對不起，每次都讓你等我，真的……真的很對不起……媽媽說要讓你康復，卻沒能守約，我的孩子……媽媽真的很對不起你，也太過自私，但能當你的媽媽真的好幸福。謝謝你。就算給我全世界，我也不願意拿來跟你交換……我愛你。現在就好好休息吧，我們日後再相見，在那之前你要幸福哦，媽媽也會幸福的……」

葬禮會場的某個角落，擺放著瑪德過時多時的皮包，放在皮包內的手機亮起了燈光。

〔淚水管理局〕眼淚處理結果通知

親愛的瑪德，閣下的眼淚被評定為「夜空之藍」。我們會協助你，不讓你獨自承受悲傷。我們會時時佇立在此等候，與你一同前行。請你務必為了成為夜空之星的摯愛而變得幸福，我們預先由衷地感謝你。

——局長雷蒙・派爾頓敬上

叮的一聲，水滴電梯在頂樓敞開，艾瑪大大地吸了口氣，然後又吐出氣息。她感覺好像某處散發出刺槐的花香。雖然不知道是真的散發香氣，又或者只是心理作用，但就像經歷漫長的旅程後自動脫口說出「果然家是最棒的」一般，感覺自己經過峰迴路轉，最終回到了溫暖的家。

「艾瑪！」

一個熟悉的男聲傳來。

「雷蒙。」

雖然沒有回頭，但一聽就可以認出他的聲音。就在她轉身的同時，雷蒙說了句歡迎歸來，並將一朵小花送到艾瑪的手中。雖然這朵花實在太小巧玲瓏了，所以看不太清楚，但艾瑪的內心仍忍不住小鹿亂撞。

艾薩克正拿著這次管理局新批准的果汁飽滿西瓜蛋糕狼吞虎嚥，說：

「嘿，艾瑪！這是提爾斯咖啡廳的新品，羨慕吧？」

喬安朝著艾薩克的背部猛拍下去，說：

「老公……不，艾薩克！碎屑都掉到我辦公桌上了，你去那邊吃啦！艾瑪！這段時間很辛苦吧？過來吃點蛋糕吧，還有瑪芬和咖啡。」

「喬安與艾薩克是夫妻啊？」

艾瑪壓低身子，悄聲詢問雷蒙。

雷蒙笑而不語。

回到自己座位上的艾瑪發現伊登正在收拾東西。

「你在做什麼？要去哪裡？」

雖然兩人像冤家一樣你爭我鬥，但真的看到對方不知道要上哪去，艾瑪又感到不安，硬是跑到伊登面前追問。

「看到很久沒見到的人，應該先問候一句『你好』，懂嗎？」

「呿——你才是吧。看到被派遣去其他地方工作一年回來的同事，應該說『你回來啦？』『歡迎回來』才對，懂嗎？」

雷蒙、艾瑪、伊登三人看著彼此咯咯笑個不停。

「不過說真的啦，你要去哪裡？是跟我一樣要去 B 棟實習嗎？」

正在收拾東西的伊登縮了一下手，艾瑪的表情隨即變得洋洋得意。

「啊哈，原來是要去實習啊。嘿，身為前輩的我就給你一點建議。首先廢水處理場的趙大叔個性很乖僻、出口成『髒』，非常嚇人，最好要小心一點哦。」

「艾瑪，趙大叔哪有性格乖僻——」

「請局長你稍安勿躁。」

艾瑪張開手掌，擋住雷蒙的臉。

「還有，馬克斯組長是重案組刑警出身，前臂幾乎有一棟房子那麼粗壯，要是被揍一拳就會飛出去，所以說話要有分寸。知道了嗎？還有……」

「還有什麼啦？吼！」

伊登煩躁地說。

「時隔多時，很高興見到你，一路順風哦，伊登。」

艾瑪笑得很燦爛。

搬著大型物品箱的伊登，耳根都紅透了。他不知如何是好，後來直接飛也似地搭上電梯走掉了。

「什麼嘛，也不回個話。」

笑咪咪的艾瑪用雙手拍了一下自己的大腿。

「雷蒙，就我所知，聽說先前因為太理性現實，就算被刺也不會流出一滴血的伊登，導致顧客們抱怨評定金額少到誇張。」

「你是怎麼知道的？」

臉上依然掛著笑容的雷蒙說。

「我在大廳稍微偷聽到五號蒸氣隧道的職員們在聊天，我指的是社會福祉部。」

一看到艾瑪做了個鬼臉，雷蒙立即放聲大笑。跟著他笑的艾瑪突然想起了自己好奇的事。

「對了，戴蒙怎麼樣了？他過得好嗎？」

「別提了，他現在根本成了愛哭鬼，二十四小時都像水龍頭一樣哭個不停。他為自己一輩子哭不出來感到委屈，所以要趁現在為了過去的自己努力地哭，真教人無言啊。」

「我倒是好像能夠理解戴蒙的那種心境呢。」

艾瑪凝視空中，彷彿陷入沉思般說。雷蒙露出詫異的表情詢問：

「艾瑪，B棟實習結束了，怎麼樣？你找到煩惱的解答了嗎？」

艾瑪收起發愣的表情，眉開眼笑地說：

「是的，找到了，往後我也會仔細傾聽別人的故事，陪伴他們，盡全力去感受、融入他們的情感，還有……」

「還有？」

雷蒙跟著艾瑪的話把頭往前探出。

「我也會全心全意地聆聽自己的故事。我會與自己度過許多時光，仔細地檢視自己的情感，會更頻繁、給予自己更多溫暖的擁抱。」

雷蒙隱約猜到了艾瑪先前的煩惱是什麼，他露出讚許的表情注視著勇敢地自行找到答案的艾瑪，艾瑪也看著雷蒙露出嫣然一笑。接著，艾瑪轉過身走回自己的座位，將食指交扣的手上下揮動，做出暖身的動作。

「各位顧客，既然我回來了，往後就請別擔心。過去各位因為估價過少而大失所望了吧？從現在開始，我會抱持滿滿的共鳴與真心，對待各位每一滴珍貴的眼淚並給予補償的。好，那就開始吧？」

艾瑪一按下圓形按鈕，一滴閃閃發亮的淚珠便從天花板沿著管線溜下。

尾聲
活在心底的人

叩叩。

「請進。」

麗茲將十張A4紙攤開在雷蒙面前，說：

「局長，尼寶分析室的人事發生了點問題。」

「什麼問題呢？」

「按照預定計畫，理性分析師是由伊登．佩爾特，情感分析師是烏蘇拉．埃文斯擔任，但烏蘇拉發生了交通事故。」

「哎呀，傷得很重嗎？」

「沒有生命危險，但需要長期復健，因此她表達了離職的意願。看來情感負責人需要重新派任了。」

「真遺憾啊，請你幫忙為烏蘇拉準備一份安慰之禮。」

雷蒙開始一頁一頁翻閱收到的紙張。

「這些人都是收到轉讓銀青色票券的人。若是局長你能從這些人之中決定一人擔任情感分析師，我會很感激的。不過單憑文件決定，你恐怕會很傷腦筋吧？原有的職員會從十一月開始上班，收到轉讓票券的人行程延遲，要到一月一日才會上班，如此一來，業務上手的時間就會不夠，為了防止問題發生，必須一次就挑選出適任者，看來這下沒辦法了，我現在就去聯繫他們來面試——」

「就選這位吧。」

雷蒙從十張紙中抽出一張，遞給麗茲。

麗茲滿臉擔憂地反問：

「這……這樣決定沒關係嗎？這位你不是沒見過嗎？」

「這個嘛，好像也見過呢……」

雷蒙露出微妙的表情。

「咦？」

儘管麗茲反問，但雷蒙只是默默地繼續專注做起其他事。

走到外頭的麗茲低頭看了看紙上寫的名字：

「艾瑪．懷特。」

在牆面出現多處裂縫的老舊葬禮會場內，有別於弔唁客人山人海的其他房間，十二號是場地最小也最冷清的。掛上父母遺像的十七歲女高中生一臉憔悴地站著。雖然聽到了昨晚十一點，酒駕者直接撞上了站在斑馬線上的父母，兩人當場死亡的消息，但少女依然不敢置信。

少女的父母很貧窮，無論是金錢、學歷、名譽，一項也沒有。在建築工地擔任日工的父親經常豪爽大笑說，兒時因為家裡很窮，一天光是能吃上一顆馬鈴薯就算是吃很多了。每一次少女都會傷心地數落父親，說那是什麼好笑的事情嗎？聽說父親年輕時為了餵飽一家人，曾經前往位於非洲的炎熱國家利比亞工作。儘管聽說只要吃苦一年就能有大把鈔票入帳，但現實卻不從人願。帶著為數不多的錢和疾病歸國的父親，透過相親認識了母親。

少女的母親出生於相當富裕的人家，但由於少女的外公把全部財產都拿去賭博與尋歡作樂，以至於當年十七歲的母親只得謊稱自己是十九歲，開始在工廠工作。在沒有窗戶的工廠內不見天日，母親只能低著頭工作。她在沒有通風設備、滿是塵埃的工廠內得到的不是金錢，而是只有膏肓之疾。忙著工作的她沒辦法上學，而那成了惡性循環的開端。母親彷彿逃亡似地參加相親，並遇見了父親。這對貧窮的新婚夫妻多次搬遷，住的都是雅房，直到最後總算租到了條件相當不錯的全稅屋*，但就連那間房也因為碰上詐騙，導致全部的財產被洗劫一空。之後，少女的父母好不容易找到一間附屬於房東家二樓的小房間，在此撫養少女。

少女的父母身處賺一天活一天的處境，可是仍時時關照一起工作的同事與周圍的鄰居。少女看著身為濫好人的父母，內心覺得鬱悶極了，因此下定決心：「等我變成大人，絕對不要活得像爸爸媽媽一樣。究竟為什麼要活成那個樣子？就算那樣活著，我們剩下的還不是只有貧窮、飢餓、歧視、委屈，以及跟今天一樣悲慘地死去。」

在父母的靈堂前，少女似乎終於明白了個中原因。

會場的弔唁客握著少女的手，每個人都送上了相似的話。

「你的父母真的是好人，你要加油。」

「神可真無情啊，像你父母這樣的人卻這麼早就帶走了他們。」

這時，一名穿著尖頭名牌皮鞋、黑色西裝袖口印有神祕動物的男人走了進來。少女直覺男人走錯了地方，他看起來就像是來自其他世界的人，不像是來看自己父母的。也難怪艾瑪會這麼想，因為男人一入場，幾名看起來像保鑣的男人便在會場外徘徊，隨後，有個與少女年紀相仿的男學生朝著男人喊了聲「爸爸」，並跟了進來。男人目不轉睛地盯著少女父親的照片並合掌祈禱，他在遺像前面，以別人聽不見的音量悄聲說了些什麼，接著便轉過身走向正在哭泣的少女。

「艾瑪，你長大不少呢。」男人溫柔地說。

「你……認識我嗎？」

「是啊，我是你父親畢恩的多年好友。雖然你應該不記得我，但我可是在你很小的時候就見過你喲。」

少女一言不發地點點頭。男人緊緊握住艾瑪的手，說：

「過去我受到你父親許多幫助。」

少女並不相信這句話，心想：「任誰看了也知道是我貧窮的爸爸接受幫助，像這個

---

*編注：韓國的租屋方式之一，先繳交一筆高額押金，金額通常為房子市價的五〇%，在租屋期間就不需要每月繳房租，只需繳交管理費與水電費。等租約到期，押金可全數退回。

看起來就是有錢人的叔叔，會需要我爸爸幫忙什麼。」

「你父親是在我最辛苦時唯一在我身邊留到最後的人，因為叔叔生活的世界，是會因為金錢而失去家人與朋友的孤單地方。」

男人的表情顯得很落寞。

「要不是你父親，叔叔恐怕此時就不在這裡了。可是我卻什麼都沒為畢恩做，真讓我愧疚啊。當他碰上困難時，我多次說要提供金錢上的援助，但他每次都誓死拒絕。我每次都是收受恩惠的一方，但作夢也沒想到會在今天做最後的道別……那句話，我怎麼樣也該說上一次的，我一輩子也沒有對我親愛的好友畢恩．懷特說的話，我想至少向身為他女兒的你傳達。艾瑪，你願意聽一聽嗎？」

艾瑪一方面對男人要說的話感到害怕，同時又心想自己是否有資格代替父親聽這席話，但不一會兒就緩緩地點了點頭。

男人轉頭面向少女父親露出燦爛笑容的遺像，說：

「我親愛的好友畢恩，我有話一直沒對你說。要是能早點傳達就好了，還請你務必原諒來得太遲的我。當所有人都背棄我，就連家人也不願意與我站同一陣線的許多日子，是你一直守護在我身旁，默默地傾聽我說話，給我拍背打氣。要是沒有你，我肯定撐不下去的。謝謝你時時守護在我身旁，願意留下來當我朋友，還有曾以畢恩．懷特這個美好的人活在世上，我發自內心地謝謝你，我的好友，願你安息。」

男人握住艾瑪的手，淚水滴滴答答地落在他的手上，化為一灘水流至地面。男人雖然輕輕地拍了拍少女的肩膀，但少女才剛放掉手，就無力地癱坐在地上。

男人的兒子似乎非常震驚，這是他出生以來首次見到父親對誰道謝。目光依然停駐於少女身上的男人對兒子說：

「走吧，雷蒙。」

男學生以充滿擔憂的眼神看了一眼艾瑪，接著跟在父親後頭出去了。

再度變成孤身一人的少女，淚腺似乎徹底故障了，在沒有表情的臉上流下了又細又長的瀑布。少女凝視著父母的遺像許久，然後有所領悟：

「父親留給我的財產不是金錢也不是名譽，而是這個……當某人辛苦時、碰到困難時陪伴他們，靜靜地傾聽對方並感同身受。原來我父親把那樣的人生傳承給我啊，我想延續父親的精神，若是我能將父親的精神留存心中，父親與母親不就能永遠活在我心底了嗎？」

少女彷彿下了什麼決心，平靜地拭去流下的淚水。

她收住淚水，再也沒有哭。

作者的話

流蘇樹的花朵盛開的二〇二一年五月春日，我坐在床上聆聽歌手成始境所演唱的〈請記得〉。不知是哀淒的歌詞使然，抑或是憂傷的旋律所致，一滴淚「嗒」的一聲墜落在我的膝蓋上。望著那滴淚，驀然升起了一個想法。「倘若眼淚能變成金錢，會變成什麼樣呢？」就是這麼天馬行空的想像，這本書也就這麼開始了。

本書篇幅能涵蓋的分量有限，因此要從人類無數情感的淚水中挑出一部分並不容易，只願那些未能納入的淚水能遇見更好的訴說機會。

在我們生活的世界上，眼淚總是充滿了不像大人、不像個男子漢、令人羞愧的、必須躲起來抒解的、看起來軟弱的社會觀念，因此被視為毫無用處之物。

但我深信，眼淚要比這世上任何東西都具有珍貴的價值。在執筆的無數個日與夜，我與書中的人物一同歡笑、感動、悲傷與沉痛，不知道流了多少眼淚。隨著時間推移，我與這些人物益發親近，也因此產生更深刻的共鳴、更加投入情感。懇切地企盼，我那整齊疊放的真心與眼淚的真諦能分毫不差地觸動各位讀者。

此時此刻，也有人因為自己生病、心愛的人生病、生活無以為繼、想做的事不如意、疲於人際關係、失去珍視之人，或因為感到喜悅幸福、深受感動，基於無數的理由而偷偷拭淚。我想告訴大家，各位今天所流的淚水，具有天文數字的金錢或名譽無法比擬的巨大價值。此外，在疲憊的人生中，但願這本書能成為一張極為安全溫暖的大床，讓各位盡情、放心地哭泣。

但願在「流淌的世界」中，各位都能因那熾熱的淚水成為富者，獲得幸福。

文字森林
READING FOREST
文字森林系列 039

奇蹟淚水管理局

當眼淚成為貨幣……

띵동！당신의 눈물이 입금되었습니다

作者	崔昭望（최소망）
譯者	簡郁璇
封面設計	鄭婷之
內文排版	許貴華
行銷企劃	林思廷
主編	陳如翎
出版二部總編輯	林俊安
出版者	采實文化事業股份有限公司
業務發行	張世明．林踏欣．林坤蓉．王貞玉
國際版權	劉靜茹
印務採購	曾玉霞．莊玉鳳
會計行政	李韶婉．許俽瑀．張婕莛
法律顧問	第一國際法律事務所　余淑杏律師
電子信箱	acme@acmebook.com.tw
采實官網	www.acmebook.com.tw
采實臉書	www.facebook.com/acmebook01
ISBN	978-626-349-783-2（平裝） 978-626-349-797-9（平裝限定 PVC 書衣版）
定價	430 元
初版一刷	2024 年 9 月
劃撥帳號	50148859
劃撥戶名	采實文化事業股份有限公司 104 台北市中山區南京東路二段 95 號 9 樓 電話：(02)2511-9798　傳真：(02)2571-3298

國家圖書館出版品預行編目資料

奇蹟淚水管理局：當眼淚成為貨幣....../崔昭望著；簡郁璇譯．-- 初版．– 台北市：采實文化事業股份有限公司，2024.09

288 面；14.8×21 公分．--（文字森林系列；39)(文字森林系列；39X)

譯自：띵동！당신의 눈물이 입금되었습니다

ISBN 978-626-349-783-2(平裝).--

ISBN 978-626-349-797-9(平裝限定 PVC 書衣版)

862.57　　113011639

采實出版集團
ACME PUBLISHING GROUP